Matthias Engels

# Sentimentale Eichen

Münsterland-Krimi



Schardt Verlag Oldenburg

Bibliographische Information der Deutschen Bibliothek:

Die Deutsche Bibliothek verzeichnet diese Publikation in *Der Deutschen Nationalbibliografie*; detaillierte bibliographische Daten sind im Internet über *www.d-nb.de* abrufbar.

Titelbild: Rainer Griese, Troisdorf

Alle Inhalte und Handlungen dieses Krimis sind frei erfunden. Ähnlichkeiten mit lebenden oder verstorbenen Personen sind nicht beabsichtigt und rein zufällig.

1. Auflage 2012


Schardt Verlag
Uhlhornsweg 99 A
26129 Oldenburg
Tel.: 0441-21 77 92 87
Fax: 0441-21 77 92 86
E-Mail: kontakt@schardtverlag.de
www.schardtverlag.de
Herstellung: Aalexx, Großburgwedel

ISBN 978-3-89841-650-4

Sie fechten gut, sie trinken gut
und wenn sie die Hand dir reichen
zum Freundschaftsbündnis, dann weinen sie;
sind sentimentale Eichen

*Heinrich Heine*
*Deutschland, ein Wintermärchen*

# 1
# Van de Loos Landpartie

Arschloch! dachte van de Loo. Eben war der Vorstandsvorsitzende der großen Versicherung an ihm vorbeigegangen. Van de Loo hatte freundlich gegrüßt; man war sich bei der einen oder anderen Gelegenheit bereits begegnet. Mehr als ein angedeutetes Nicken jedoch hatte der Anzugträger nicht für ihn übrig gehabt. Entweder war er zu wichtig oder zu sehr Westfale, um einem zugezogenen Beamten sein Guten Tag zu erwidern. Er warf einen Blick auf die Schlagzeile seiner Zeitung. Der nette Herr bei Mühlensiepen, dem Tabakladen am Drubbel, hielt immer ein Exemplar der Rheinischen Post für den Kölner in der Fremde zurück. Gisbert van de Loo las etwas, was sich um Israelis und Palästinenser drehte, und dachte: Wie soll das funktionieren, wenn schon Westfalen und Rheinländer sich nicht mal grüßen können! Er knüllte die ungelesene Zeitung in einen der Abfallbehälter im Schatten von Lambertis Turm. Am Prinzipalmarkt wartete er auf die Linie zum Friesenring. Das Schaufenster des riesigen Klamottentempels spiegelte seine nur mittelgroße, aber noch relativ schlanke Silhouette. Ein beginnender Bauch unter einem dünnen Pullover war sich mit vierzig doch durchaus zu gönnen, fand er; die Jeansjacke darüber hatte die besten Zeiten aber wirklich hinter sich. In der Scheibe war schmeichelhafterweise seine vor Übermüdung graue Haut nicht so deutlich sichtbar, dafür konnte man die dünnen Stellen im Haar gut erkennen und der Bart, na ja. Van de Loo drehte sich weg. Der Bus war pünktlich, gottlob, denn ihm schmerzten noch immer die Füße.

Am vergangenen Freitag hatte er am alljährlichen Betriebsausflug seiner Abteilung teilgenommen. Unter der Führung ihres Chefs, dem angeblich begeisterten Wanderer Dr. Waldbröker, waren sie mit dem Bus zum Hermannsdenkmal bei Detmold aufgebrochen, um in der Umgebung eine „kleine Strecke“ gemeinsam zu gehen, wie es in der Einladung hieß. Der Chef hatte den Manageranzug gegen robuste Freizeitkleidung getauscht, sich sogar mit Hut und Stock ausstaffiert, wirkte aber genauso geleckt wie im Büro. Van de Loo hatte sich in dem dichten Wald ein wenig wie umstellt gefühlt. Er war ja als Flussmensch einen weiten Blick und, wie er es einmal über seine Landsleute gelesen hatte, gewohnt, dass Dinge vorbeizogen. Die Kollegen aber schienen sich allesamt wie endlich zu Hause zu fühlen, es schien van de Loo, als sei es tief im Blut der gebürtigen Westfalen verankert, durch den Wald zu stapfen, sich um Bäume herumzuschlängeln, als seien sie gar nicht da. An der Seite von Olga Stanic, der Sekretärin des Chefs, die sich ebenso unwohl zu fühlen schien wie er, war van de Loo durch das Laub geschlurft, immer wieder zurückbleibend, immer wieder an Wurzeln hängenbleibend, vorneweg die Kollegen, von den Wanderschuhen an den Füßen beflügelt wie von Siebenmeilenstiefeln. Van de Loo vermutete, obwohl sie alle mehr oder weniger wichtige Vertreter der sogenannten Staatsgewalt waren – wäre ihnen ein Römertrupp begegnet, sie alle hätten sich auf ihn gestürzt. Es schien eine Blutssache zu sein. Gerne hätte van de Loo einmal eine Statistik gesehen, in der untersucht wurde, auf welche Arten Menschen in verschiedenen Regionen Selbstmord begingen. Er war sicher, in Westfalen hängte man sich auf.

Es war Sommerzeit, und das hieß auch für sie: Sommerloch. Die Kollegen im Einbruchsdezernat hatten wie gewöhnlich in dieser Zeit viel zu tun, aber für Strothkamp und van de Loo waren es oft Wochen der Langeweile und Aktensortiererei. Im Büro setzte sich van de Loo an den Schreibtisch und wartete auf Strothkamp. Es konnte nicht lange dauern, Strothkamp lebte wie mit einem eingebauten Uhrwerk und kam niemals auch nur fünf Minuten zu spät. Schlag 8.30 Uhr trat er dann auch durch die Tür, mit dem üblichen verschlossenen Gesichtsausdruck, als denke er über die Lösung eines sehr ernsten Problems nach, dabei bastelte er wahrscheinlich nur immer noch an einer Replik auf die letzte Boshaftigkeit seiner Frau, die sie ihm beim Verlassen der Wohnung nachgerufen hatte. Ein Westfale halt, dachte van de Loo, etwas langsam.

„Na, wieder mit der Fiets?“ sprach er seinen Kollegen an, und er wusste, obwohl sie diesen sehr einseitigen Dialog schon geschätzte tausendmal geführt hatten, Strothkamp würde ihn verständnislos ansehen, als habe er ihn in einem Bantu-Dialekt angesprochen. So war es. Strothkamp wand den kantigen Schädel seinem Kollegen zu, und sein Gesichtsausdruck war eine Sekunde lang noch eine Nuance ratloser als sonst schon.

„Mit der *Leeze*?“ verbesserte sich van de Loo, das letzte Wort nun überdeutlich betonend, wie für einen Schwerhörigen.

„Hm“, machte Strothkamp und bewegte sich nun für seine Verhältnisse schon fast tänzerisch zur Kaffeemaschine, um sich umständlich eine Tasse von der kalten Brühe vom Morgen einzuschenken. Van de Loo schüttelte es, aber er sagte nichts.

Auf seinem Tisch hatte van de Loo eine Notiz seines Vorgesetzten. Dr. Waldbröker wartete, der die Herren Kommissare umgehend in seinem Büro zur Besprechung sehen wollte. „Komm, wir müssen zum Chef“, sagte van de Loo.

„Neuer Fall?“ brummte Strothkamp.

„Ich denke.“

„Geh mal vor, ich muss kurz noch mal“, wies der Kollege ihn an, und van de Loo wusste, es würde keinen Sinn haben zu warten. Er erhob sich und machte sich auf den Weg zu Dr. Waldbrökers Büro. Im Vorzimmer kochte die Sekretärin gerade grünen Tee.

„Morgen, Olga“, sagte van de Loo.

Olga Stanic war Dr. Waldbrökers Faktotum. Seit van de Loo hier Dienst tat, führte zum Chef kein Weg an ihr vorbei. Er schätzte sie auf Mitte bis Ende dreißig. Sie war eine nicht allzu große, aber sehr präsente Frau, auf die strenge Art attraktiv, durchaus für Männer mit gewissen Vorlieben eine mögliche Hauptfigur wilder Phantasien. Gerade, dass sie sich ausgesprochen zugeknöpft kleidete, immer auf eine wohlgeordnete Steckfrisur und tadellose Haltung bedacht war, machte sie auf ihre Art und Weise aufregend. Selten, sehr selten hatte van de Loo sie lächeln sehen und wenn, dann höchstens herablassend. Sie duzten sich seit der letzten Weihnachtsfeier, was ein seltenes Privileg war. Eigentlich war es auch nur dem damals konsumierten Alkohol geschuldet, dem Olga Stanic offenbar nicht so viel entgegenzusetzen hatte und ihn deshalb gewöhnlich mied. Van de Loo war noch neu in Münster gewesen und hatte stark unter dem Gefühl gelitten, nicht am rechten Platz zu sein. Dementsprechend hatte er sich haltlos betrunken. Der Eindruck, den er hinterließ, war ihm damals völlig egal gewesen.

„Van de Loo! Endlich“, gab die strenge Stimme der Sekretärin zurück. Ein Tadel lag jedes Mal in ihrem Ton, egal, was man tat oder sagte. Stets hatte sich van de Loo in ihrer Gegenwart schlimmer gefühlt als in Dr. Waldbrökers, der völlig unter ihrem Pantoffel stand und nichts tat oder entschied, ohne Frau Stanic' billigenden Blick abgewartet zu haben.

„Ist erst zehn nach“, sagte van de Loo und ärgerte sich, dass er sich augenblicklich zu einer Erklärung gegenüber einer einfachen Sekretärin veranlasst fühlte.

„Nun“, sagte Frau Stanic, „der Herr Dr. erwartet dich bereits.“ Einen Tee bot sie ihm nicht an. „Strothkamp?“ forderte die forsche Dame nun mehr, als dass sie fragte.

„Kommt noch“, gab er zurück und klopfte an Dr. Waldbrökers Bürotür.

„Ah, guten Morgen, van de Loo“, sagte der Chef und erhob sich schwungvoll von seinem Sessel. Er hatte offensichtlich tatsächlich auf die Ankunft seiner Mitarbeiter gewartet. Waldbröker war ein kleiner Mann, und van de Loo hegte ein gewisses Misstrauen kleinen Männern gegenüber. Ständig berührte er seine Gesprächspartner beiläufig, was wohl Vertraulichkeit und Nähe ausdrücken sollte, aber van de Loo war es verhasst. Er überragte seinen Chef um gut einen Kopf und war ungefähr gleich alt, was nicht gerade zum Respekt gegenüber seinem Vorgesetzten beitrug. Sie setzten sich, nachdem Waldbröker eine einladende Geste zum Stuhl gemacht hatte. Van de Loo kannte diesen Stuhl. Er hatte bereits des Öfteren darauf gesessen. Man hatte den Eindruck, um einige Zentimeter zu schrumpfen, sobald man sich darauf niederließ. Offenbar war es aber ein normaler Stuhl. Unter den Kollegen ging der Verdacht um, dass Waldbröker seinen eigenen Sessel um einiges erhöht hatte, um größer zu wirken, und daher rühre der Eindruck, man versänke im Erdboden, wenn man plötzlich dem scheinbaren Sitzriesen Waldbröker gegenübersaß.

„Ah, da kommt ja auch unser Kollege Strothkamp", sagte Dr. Waldbröker. „Guten Morgen."

Strothkamp nickte dem Chef zu. Van de Loo sah kleine Wasserflecken auf dem Hemd des Kollegen.

„Meine Herren, Sie werden sich schon denken können, warum ich Sie hierher gebeten habe." Er ließ sich in seinen Sessel zurücksinken und griff nach einem Papier, das einzeln auf seinem praktisch leeren Schreibtisch lag. Er besah es kurz, legte es dann wieder ab und verschränkte die Arme hinter dem Kopf. Es könnte, so van de Loos Eindruck, ein längeres Referat werden. „Sagt Ihnen beiden der Begriff Bauhaus etwas?" fragte er. Es lag etwas Geheimnisvolles in seinem Ton.

Van de Loo und Strothkamp sahen sich an. Van de Loo konnte die Verwirrung in den Augen seines Kollegen sehen und die völlige Leere dahinter. In seinem Kopf ging er die verschiedenen Assoziationen durch, die der Name Bauhaus in ihm hervorrief. Es gab eine Baumarkt-Kette, die diesen Namen trug, eine düstere Rockgruppe und natürlich das Institut um Klee und Kandinsky in den zwanziger und dreißiger Jahren.

Ihr Schweigen auf Herrn Dr. Waldbrökers Frage hin schien einen Deut zu lang gewesen zu sein, oder er wollte auf jeden Fall die Antwort selbst geben.

„Macht ja nichts, meine Herren. Sie sind ja schließlich Polizisten und keine Kunstwissenschaftler. Das Bauhaus war eine revolutionäre und stilprägende Einrichtung, die 1919 von Walter Gropius in Weimar gegründet wurde. Das Bauhaus bestand bis 1933 und gilt heute weltweit als Heimstätte der Avantgarde der klassischen Moderne auf allen Gebieten der freien und angewandten Kunst. Die Resonanz des Bauhauses hält bis heute an und prägt wesentlich das Bild deutscher Entwürfe im Ausland."

Van de Loo hatte den Verdacht, dass Waldbröker diese Sätze kurz vor ihrem Kommen im Internet gelesen und auswendig gelernt hatte.

„Wie Sie vielleicht mitbekommen haben, hat im vergangenen Jahr ganz in unserer Nähe das einzige Bauhaus-Museum in Nordrhein-Westfalen eröffnet. Auf das Betreiben einer Stiftung ist es nach langer Arbeit gelungen, in Steinfurt-Borghorst ein geeignetes Haus zu finden, das maßgeblich den Werken des einheimischen Malers Max Maybach gewidmet ist, aber auch andere Künstler dieser Epoche zeigt."

Van de Loo, der die regionalen Zeitungen nach wie vor mied und wenig fernsah, hatte noch nichts davon gehört. Er wusste nicht einmal, wo dieses Steinfurt lag, und fragte sich, was die Ausführungen des Chefs ihm und Strothkamp, der im Stuhl neben ihm einem schlafähnlichen Zustand recht nahe zu sein schien, überhaupt sagen sollte.

„Nun", fuhr Dr. Waldbröker fort, „in ebendiesem Museum ist es am vergangenen Wochenende zu einem schweren Raub gekommen. Die Beamten vor Ort haben uns heute Morgen ganz früh schon um Hilfe gebeten. Am Tatort gibt es wohl keinerlei brauchbare Spuren, ich habe den Bericht hier vorliegen und gebe ihn Ihnen gleich zur Ansicht. Gestohlen wurde ein einziges Bild." Er griff erneut nach dem Papier auf seinem Tisch. „*Blaue Komposition in getreppter Skala*, von ebenjenem besagten Max Maybach. Alles Weitere finden Sie hier im Bericht der Kollegen. Ich bitte darum, diesen Fall mit äußerster Sorgfalt und Diskretion zu behandeln. Es ist eine Sache, für die sich die Öffentlichkeit interessieren wird, und es ist wichtig, dass wir da gut aussehen. Wenn Sie nähere Informationen brauchen, stehe ich Ihnen gerne zur Verfügung."

Van de Loo war nicht aufgefallen, dass weder er noch Strothkamp auch nur ein einziges Wort gesagt hatten. Er trug die dünne Mappe mit den Aufzeichnungen der Steinfurter Kollegen hinüber in sein Büro. Strothkamp folgte ihm schweigend, was für ihn kein ungewöhnlicher Zustand war. Dennoch sah man ihm die Unlust auf diesen Fall an der Körperhaltung an. Van de Loo beschloss, zunächst einmal in Ruhe den Bericht zu lesen und die Tatortbilder zu studieren.

Eines zeigte das Museum von außen, das nächste die leere Wand, an der das Bild gehangen hatte. Eine Postkarte, vielleicht aus dem Museumsshop, war beigelegt, die das entwendete Bild zeigte: *Blaue Komposition in getreppter Skala*.

Strothkamp hatte sich erst einmal Kaffee geholt und wie üblich nicht gefragt, ob der Kollege vielleicht auch einen wolle.

„Du, sach mal“, hob Strothkamp an, und es erschien van de Loo, als verginge eine Ewigkeit, während der Kollege sich in seinen Stuhl sinken ließ, den Blick keinesfalls auf sein Gegenüber, sondern stur auf die bis fast zum Überlaufen gefüllte Tasse in seiner massigen Faust gerichtet. „Sach ma, die Steinfurt-Sache ...“, fuhr er fort, und es schien in seinen Augen ein akzeptabler, ganzer Satz zu sein.

„Was ist damit?“

„Na, was ist da genau passiert?“

Van de Loo war mittlerweile an die lange Leitung seines Kollegen gewöhnt. Er blätterte zurück zur ersten Seite des Berichts und begann sehr langsam noch einmal vorzulesen: „Unbekannte Täter entwendeten im Laufe des Wochenendes ein wertvolles Gemälde aus dem Bauhaus-Museum in Steinfurt. Es handelt sich um ein geschätzte 700.000 Euro teures Ölgemälde des Bauhauskünstlers Max Maybach mit dem Titel: *Blaue Komposition in getreppter Skala* von 1930. Da keine Einbruchsspuren vorhanden sind, ist von einem professionellen Täter oder einem dem Umkreis der Museumsangehörigen entstammenden oder nahestehenden Täter auszugehen. Das Kuratorium des Museums hat eine hohe Belohnung für Hinweise ausgesetzt, die zur Ergreifung des Diebes beitragen.“

Van de Loo legte das Papier wieder weg und erwartete in aller Ruhe die unumgängliche Frage seines Kollegen. Einige Zeit verging, in der Strothkamp über seinen Schreibtisch gebeugt wie wissend vor sich hin nickte, dann aber schließlich doch den Kopf hob und fragte: „Getreppter was?“

„Getreppte Skala“, erklärte van de Loo und fügte an: „Das ist der Titel des Bildes, na, der Name“, und als es in Strothkamps Gesicht so gar nicht zum Funken einer Erkenntnis kommen wollte, sagte er gedehnt: „So heißt das Bild: *Blaue Komposition in getreppter Skala*!“ Pause.

„Moderne Kunst, oder?“

„Ja“, seufzte van de Loo. „Bauhaus 1930.“

„Is doch n Baumarkt, oder?“ fragte Strothkamp.

„Auch“, sagte van de Loo, sich den Grenzen seiner Geduld nähernd, „auch ein Baumarkt.“

Er beschloss, dass es sinnlos sein würde, Strothkamp noch allzu viel an Kunstgeschichte beibringen zu wollen, und öffnete den Browser seines Computers.

„Komm mal rüber“, sagte er zu seinem Kollegen.

Van de Loo wollte ihm die praktischen Umstände des Falles zeigen und sich selbst dabei ein Bild machen. Er bemühte die Suchmaschine und fand einige lesenswerte Artikel. Das Museum war klein und von den meisten Steinfurtern als überflüssig angesehen worden, wie es in Kleinstädten eben so war. Zahllose Hindernisse während der Bauphase hatten die Eröffnung hinausgezögert, die nun erst ein Jahr zurücklag. Van de Loo betrachtete die Fotos und erspähte neben dem Steinfurter Bürgermeister und einiger Lokalprominenz auch das vertraute Gesicht seines Amtsleiters Dr. Waldbröker neben denen diverser Landtagsabgeordneter.

Eine gute Stunde später saßen sie im Auto, einem alten VW Passat. Strothkamp war bei den Erläuterungen van de Loos erst richtig warmgeworden, als dieser ihm die Planung der Fahrt und das Steuer überlassen hatte. Strothkamp fuhr meist mit dem Fahrrad, das Auto brauchte seine Frau für diverse Fahrten zu Freundinnen, mit denen sie dann die diversen Fabrikverkäufe der weiteren Umgebung unsicher machte. Strothkamp demzufolge war froh, wenn er ab und an einen Motor unter dem geräumigen Gesäß hatte.

Strothkamp war schon auf der Bundesstraße unruhig geworden, hatte angefangen, im Fahrersitz herumzuhampeln. Die Vorfreude auf einen neuen Fall konnte es nicht sein, dachte van de Loo. Gerade die Aussicht auf die Befragung von Leuten aus dem Kunstmilieu würde seinen Kollegen sicher eher grantelig machen als freudig erregt. Als er den mittlerweile leise vor sich hin fluchenden Strothkamp bei der Ortseinfahrt von Steinfurt-Borghorst auf sein merkwürdiges Verhalten ansprach, winkte der nur ab. Ein absterbendes Industriegebiet lag links und rechts von der Straße. Die Ampel an der nächsten größeren Kreuzung war kaputt. Strothkamp bog trotz Gegenverkehrs rasant rechts ab, und sie fuhren ortseinwärts. „Scheiß rechts vor links“, fluchte Strothkamp bei jeder Seitenstraße und bretterte daran vorüber.

„Wo ist dieses Museum noch mal?“ fragte van de Loo.

„Am Kirchplatz“, gab sein Kollege zurück.

Sie fanden den Weg problemlos. Strothkamp hatte eine Schwester hier und kannte die Straßenführung offenbar gut. Am Kirchplatz jedoch einen Parkplatz zu finden, war gar nicht so einfach. Als sie über das Stück historischen Pflasters in der Kurve ruckelten, kaum, dass sie einen Blick auf das Ziel ihrer Fahrt hatten werfen können, fluchte Strothkamp nun unüberhörbar. Van de Loo sah ihn an, überrascht von dessen unwirscher Art, nur, weil sie nicht unmittelbar vor dem Haus hatten parken können.

„Mensch, ich muss schiffen wie Sau", sagte Strothkamp, und van de Loo dachte an die große Tasse kalten Kaffees, die der Kollege im Büro hatte trinken müssen, obwohl er um seine schwache Blase wusste. Er verdrehte die Augen und sah hinaus. Er glaubte schon, ein größerer Umweg sei nötig, als sie sich immer weiter vom Museum entfernten, denn es sah schon wieder nach Ortsausgang aus. Ein Teich mit Fontäne war zu sehen, aber Strothkamp bog plötzlich gegenüber der Steinfurter Stadtverwaltung, einem hässlichen Bau aus den achtziger Jahren, abrupt in eine kleine Zufahrt ein. Hier würd ich nicht tot überm Zaun hängen wollen, dachte van de Loo.

Sein Kollege dagegen triumphierte: „Wusst ich's doch! Hier ist ein Supermarkt. Hab ich gesehen, als wir damals Onkel Heinz' Achtzigsten gefeiert haben. Der war hier im Altenheim, das ist ganz in der Nähe, und wir sind nach dem Kaffee alle ein paar Schritte gelaufen. Onkel Heinz musste sich dann da am Teich auf eine Bank setzen und verschnaufen, und die Bälger von meiner Schwester haben die Schwäne mit Steinchen geärgert, da hat die denen aber den Marsch geblasen, das kann ich dir sagen!“

„Ich unterbrech dich nur ungern“, hakte van de Loo ein, „aber wir müssen zu diesem Museum zurück.“

Strothkamps Gesichtsausdruck wandelte sich sofort zurück in seinen gewohnt bärbeißigen Zustand. Sie gingen los. Ein kleiner Platz mit Brunnen, ein Pärkchen, in dem eine Gruppe mittelalter Männer Bier aus Flaschen trank. Einer der Männer schaute provozierend zu den beiden Polizisten herüber. Ein Milchgesicht mit dünnem Schnauzbart, der wohl nicht richtig wachsen wollte, und fettigem Scheitel. Viele Fremde sah man hier anscheinend nicht, dachte van de Loo. Es war nicht viel Verkehr, Kleinstadt eben. Das Museum lag in einer historischen Häuserzeile gegenüber der Kirche. Ein nicht allzu hoher Bau, dafür ungemein breit, weiß getüncht und mit dunklen Läden vor den zahlreichen schmalen Fenstern. Drei Stufen führten zur wirklich schönen alten Holztür, etwas kümmerliches Gestrüpp war davor gepflanzt. Van de Loos Blick fiel auf das angrenzende Gebäude, und er stutzte.

Ein Bestatter als Nachbar ist auch nicht gerade das Gelbe vom Ei, dachte er. Aber die umliegenden Häuser, die ganz offensichtlich von vergangenem Reichtum dieses Ortes zeugten, waren schön.

Nach den Ereignissen der vergangenen Tage war das Museum vorübergehend geschlossen und polizeilich versiegelt. Die Spurensicherung hatte keinerlei Einbruchsspuren gefunden, und auch die ersten Vernehmungen durch die Beamten hatten nichts Verwertbares ergeben. Van de Loo lag eine Liste von Personen vor, die am

Morgen nach Bemerken des Diebstahls im Museum anwesend gewesen waren. Alle würde man vernehmen müssen. Die beiden Polizisten stiegen über das rot-weiße Flatterband, das vor den Eingangsbereich gespannt war, nahmen die drei Stufen zur Tür und wollten eben das Siegel entfernen, als ihnen völlig unerwartet von innen geöffnet wurde. Freundlich strahlend sah ihnen ein kleiner, rundlicher Mann in grauem Overall entgegen. Strothkamp, hinter van de Loo stehend, hatte übereilig, wie er nun selbst feststellte, die Hand nach der Dienstwaffe in seinem Blouson ausgestreckt und ließ sie nun hastig wieder sinken. Van de Loo räusperte sich und wollte nach seinem Dienstausweis greifen, aber ihr Gegenüber kam ihnen zuvor.

Mit einer für einen so kompakten, kleinen Körper sehr hohen Stimme sagte er freundlich: „Bemühen Sie sich nicht! Die Herren Kommissare aus Münster, wenn ich mich nicht irre. Bitte kommen Sie herein."

Er machte einen Schritt zur Seite, und die Polizisten traten ein. Strothkamp begann mit dem Dicken zu schimpfen. Wie er überhaupt ins Haus komme, schließlich sei das ein Tatort und versiegelt, offiziell versiegelt, ob er wisse, was das heiße und ob er sich überhaupt ausweisen könne.

Van de Loo dagegen sah sich um. Der Eingangsbereich des Museums ließ noch das herrschaftliche Wohnhaus erkennen, das es einmal gewesen war. Das Treppenhaus war imposant, alte Holzstufen und ein elegant geschwungenes, altes Geländer. Darüber eine Lampe, deren nackte Birne von mehreren schmalen Metallringen umschlossen war. Van de Loo erinnerte sie an die Planeten in dem Modell des Sonnensystems, das er als Schüler hatte basteln müssen. Rechts lag hinter einer Glastür wohl der kleine Museumsladen, van de Loo erkannte Postkartenständer und Bücherregale. Strothkamp war mit dem Mann mittlerweile weiterhin gestikulierend in den ersten großen Raum vorgedrungen. Van de Loo folgte und unterbrach nun den immer noch polternden Kollegen. „Jetzt lass mal gut sein, Franz!“ und wandte sich dem Mann zu. „Und Sie sind, wenn ich fragen darf?“

„Zimmermann mein Name, Jakob Zimmermann. Ich bin hier der Hausmeister.“

„Gut, Herr Zimmermann, und wie sind Sie nach der polizeilichen Versiegelung des Gebäudes hier hereingekommen? Sie wissen, dass das Brechen eines offiziellen Siegels eine Straftat darstellt?“

„Hab ich nicht gemacht“, winkte der Zimmermann mit schreckgeweiteten Augen ab. „Kein Siegel hab ich gebrochen! Hinten war doch keins, und einer muss doch hier aufpassen. Es heißt schließlich, Verbrecher kommen immer zurück an den Tatort, und vielleicht ...“

Strothkamp war bereits mit großen Schritten durch den Raum gegangen und nahm schon die Tür zum Garten in Augenschein.

„Verdammte Schlamperei“, fluchte er. „Ham die Kollegen doch glatt vergessen, die Hintertür zu versiegeln.“

Van de Loo ließ den Hausmeister stehen und folgte seinem Kollegen. „War diese Tür denn überhaupt verschlossen?“ fragte er den Zimmermann.

Dieser nickte heftig und meinte: „Aber natürlich, Herr Kommissar! Ich hab sie Freitagabend abgeschlossen. Das gehört zu meinen Aufgaben.“

Strothkamp schüttelte den Kopf, verärgert über so viel Schlamperei. Dann erinnerte er sich offenbar an sein dringendes Bedürfnis und verließ den Raum. „Tschuldigung", murmelte er beim Hinausgehen.

Van de Loo wandte sich nun wieder an den Hausmeister. „Herr Zimmermann, erzählen Sie doch mal. Haben Sie hier etwas verändert oder aufgeräumt, seit die Kollegen hier waren?"

„Nein, Herr Kommissar! Alles ist genau wie nach dem Diebstahl. Ich weiß doch, dass ich nichts anfassen darf. Wissen Sie, ich schau doch so gerne die Krimis aus Münster, da verpass ich keinen von. Da lernt man eine ganze Menge. Unheimlich hilfreich ist das."

„Gut", unterbrach van de Loo, „und können Sie mir dann noch einmal ganz genau schildern, wie Sie den Diebstahl bemerkt haben?"

„Aber gern", sagte der Zimmermann. Er blühte nun, da jemand seine Version hören wollte, förmlich auf und wuchs scheinbar vor Stolz mehrere Zentimeter.

„Also, Herr Kommissar, ich war hier unten, kurz nach der Öffnung, die Frau Brock war schon da und ein paar von den Museumswächtern, das kommt selten vor, aber ab und zu schon, besonders, wenn am Abend vorher irgendeine Veranstaltung war. Ich hab hier die Stühle zusammengestapelt, und da hör ich von oben die Frau Brock rufen. ‚Jakob, Jakob', hat sie gerufen, und da bin ich rauf und hab die Frau Brock da auf einem Stuhl sitzen sehen, ganz blass. Dann hab ich mich umgedreht, weil der ihr Blick ging immer ganz steif auf die Wand gegenüber, und da hab ich es dann gesehen."

„Was haben Sie gesehen?" fragte van de Loo.

„Nichts. Nichts hab ich gesehen, weil, das Bild war ja weg!“

„Gut. Was haben Sie dann gemacht?“

„Dann haben wir der Frau Brock ein Glas Wasser gegeben und Ihre Kollegen angerufen.“

„Herr Zimmermann, Sie sagen, da sei eine Veranstaltung gewesen, am Abend davor. Was war da genau los?“

Der Hausmeister überlegte. „Da war so eine Sitzung, alles Ausländer. Einige sprachen englisch, ich hab kein Wort verstanden, aber ein paar, die haben, glaube ich, holländisch miteinander geredet.“

„Holländer?“ fragte van de Loo. „Was waren das denn für Leute? Kunstinteressierte?“

„Nein, also, vielleicht doch, aber das waren Geschäftsleute, keine normalen Besucher. Die hatten alle Anzüge an und Koffer dabei.“

„Und was wurde da so besprochen?“ fragte van de Loo.

„Keine Ahnung“, sagte Jakob Zimmermann, „ich war da nicht dabei. Ich hab in der Küche was gegessen und gewartet, ob ich noch gebraucht werde.“

Van de Loo ließ es dabei bewenden. Er ließ sich vom Hausmeister noch einmal die unteren Räumlichkeiten zeigen, darunter auch die Küche.

Ein kleiner Raum mit guter Ausstattung. Eine Gastronomie war hier ebenfalls geplant gewesen, erläuterte Zimmermann, aber es habe sich bislang kein Pächter gefunden. Van de Loo warf einen schnellen Blick auf die Fenster, in der Hoffnung, irgendwelche Einbruchsspuren zu finden, die der Spurensicherung entgangen sein könnten, aber da waren keine. In der Spüle stand sogar noch Geschirr, das das karge Mahl des Hausmeisters bezeugte, während drüben im Wintergarten Holländer im Anzug mit Frau Brock konferiert hatten. Van de Loo nahm sich vor, sie so schnell wie möglich zum Inhalt dieser Sitzung zu befragen, und wollte schon wieder den Raum verlassen, als ihm etwas auffiel. Unter der vorspringenden Klappe eines Backofens lag etwas, das aussah wie ein Stückchen zerknülltes Papier, ein Zettel oder Ähnliches. Van de Loo sah nach, ob er es unbemerkt aufheben könnte, und stellte fest, dass der Hausmeister bereits eifrig auf dem Weg hinaus war, um dem Kommissar den Ort der mysteriösen Versammlung zu zeigen. Van de Loo bückte sich rasch und hob das Papier auf. Er hielt es vorsichtig an einer Ecke, um keine möglicherweise wichtigen Fingerabdrücke zu verwischen, und ließ es in sein Taschentuch fallen. Er verstaute es in der Innentasche seiner Jacke und folgte dem Hausmeister in den großzügigen Wintergarten, der dem alten Haus angeflanscht worden war.

Durch den geräumigen, ordentlichen Garten bewegte sich ein kleiner, schwarzer Punkt, ganz langsam. Van de Loo sah sich nach Strothkamp um, der wohl endlich eine Toilette gefunden hatte und noch an seinem Gürtel hantierend durch die Tür kam. Van de Loo wies mit dem Kopf gen Garten, und der Blick seines Kollegen folgte seinem. Der Punkt kroch unendlich langsam über die Wege und kam näher, wurde deutlicher. Eine winzig kleine, schwarzgekleidete Frau schob ihren Rollator vor sich her, wie in Zeitlupe. Sie hatte, so viel wurde nach und nach erkennbar, schlohweißes Haar und ging schwer auf die Griffe ihres Wägelchens gestützt. Trotz der sommerlichen Wärme trug sie ein Kostüm mit Jäckchen und schwere Schuhe.

„Anner Ecke sind Altenwohnungen", beantwortete Strothkamp den fragenden Blick van de Loos.

„Das ist der kürzeste Weg zum Supermarkt", setzte der Hausmeister dazu, und van de Loo verstand. Hat immer was von Krötenwanderung, dachte er bei sich und sah zu, wie die kleine Frau sich langsam über den Kiesweg bewegte. Zwischendurch legte sie kurze Ruhepausen ein, und hier und da wirkte es, als sähe sie hoch zum Wintergarten, aber van de Loo konnte nicht sagen, ob sie ihn auf die Entfernung sehen konnte.

„Und Sie sind sicher, dass Sie die Tür zum Garten verschlossen haben?" kam van de Loo noch einmal auf den scheinbar einzig fraglichen Punkt zurück.

Zimmermann, wie zum Schwur die Finger hebend, beteuerte erneut: „Hab ich. Ganz sicher. Die Frau Brock stand daneben und hat es gesehen."

„Das werden wir prüfen", sagte Strothkamp und setzte unnötigerweise noch hinzu: „Genau prüfen, Herr Zimmermann."

Van de Loo ärgerte sich ein wenig über das forsche Auftreten seines Kollegen. Dass dieser Zimmermann ein schlichtes Gemüt war, war doch offensichtlich. Ihn unter Druck zu setzen, schien ihm kontraproduktiv. Strothkamp spielte gerne den bösen Cop, manchmal sogar durchaus mit Nutzen, aber hier schien es van de Loo eher erfolgsversprechend, behutsam das Vertrauen des Hausmeisters zu gewinnen. Sein Kollege hatte begonnen, mit auf dem Rücken verschränkten Händen an der Wand entlangzuschreiten und kritische Blicke auf das eine oder andere

Bild zu werfen, wobei er leise vor sich hin murmelte und hier und da den Kopf schüttelte. Van de Loo dagegen betrachtete die liebevolle Ausstattung der Räumlichkeiten, die sich in ihrer Wirkung nicht nennenswert von anderen Museen abhob, die er kannte. Er stellte sich vor, was für einen Kraftakt die Durchsetzung eines solchen Projektes in einer kleinen Stadt wie Steinfurt wohl bedeutete. Er war sich sicher, es hatte ohne Zweifel einer Menge an Durchhaltevermögen und privater Initiative bedurft, um etwas Derartiges auf die Beine zu stellen. Sicher hatte es Kritik und Neider von zahlreichen Seiten gegeben, Anfeindungen verschiedener Art, wie so oft bei innovativen Unternehmungen.

Kollege Strothkamp hatte mittlerweile von den Gemälden abgelassen und ließ sich von Zimmermann die Alarmanlage erklären. Van de Loo wollte gerade nachsehen, wie weit die alte Frau im Garten wohl inzwischen vorgerückt war, da hörte man das plötzliche Zufallen der Eingangstür. Da der Hausmeister die einzige Person im Haus war und neben ihnen stand, musste jemand heimlich ihr Gespräch mitgehört haben. Strothkamp lief los, van de Loo und der Hausmeister hinterher. Sie öffneten die Tür und sahen jemanden gerade noch die Treppen zum kleinen Park hinunterrennen. Strothkamp stand bloß da und sah sich ratlos um. Van de Loo schüttelte innerlich den Kopf über so viel Blödheit und beschloss, den Flüchtenden allein zu verfolgen. Er rannte los, durchquerte den Park, der nun erstaunlicherweise völlig leer war, und sah sich um. Von seinem Kollegen keine Spur, auch der Verdächtige schien vom Erdboden verschluckt. Auf gut Glück lief er weiter. Einige Ecken weiter war er nahe daran, die Verfolgung aufzugeben, da hörte er das heftige Läuten einer Fahrradklingel. Er sah sich um und bemerkte, wie sein Kollege Strothkamp auf einem klapprigen Fahrrad die mit altem Kopfsteinpflaster belegte Steigung zum Kirchplatz herunterholperte. Van de Loo schwitzte und war völlig außer Atem, als er seinen Kollegen endlich erreicht hatte. Dieser stellte gerade das Rad an der Wand eines offenbar verlassenen Fabrikgebäudes ab. Mit fragendem Blick sah er zuerst Strothkamp, dann das Rad an.

„Vom Hausmeister“, sagte dieser und wies stumm auf das Tor zur Fabrik. „Da is er rüber! Hab ihn noch gesehen, grad eben. Irgendwo da drin muss er sein.“

Van de Loo war kaum zu Atem gekommen und sah sich schon über das hohe Tor klettern, aber Strothkamp schlug einen anderen Weg ein. Ein Stück weiter, van de Loo hatte es gar nicht bemerkt, fanden sie in einer Beuge der Mauer einen weiteren Eingang, und den ebenerdig und unverschlossen. Die Fabrikhallen waren im Quadrat um einen großen Hof angelegt. Fenster waren eingeworfen, alte Zapfsäulen standen vor sich hin rostend herum. Auf dem riesigen Komplex musste man tausend Verstecke finden, dachte van de Loo, und sie selbst waren auf dem Hof von überall gut zu sehen. Strothkamp jedoch schien zu wissen, wo es langging. Er fand eine Tür und öffnete sie mit einem leichten Ruck. Die Halle dahinter war riesig und unübersichtlich. Das Licht fiel durch die Lücken in den völlig verdreckten Fensterscheiben und beleuchtete den umherschwebenden Staub und die immensen Mengen von Spinnweben.

„Was ist das hier?“ fragte van de Loo.

„Spinnerei“, meinte Strothkamp lapidar.

„So ne dumme Frage finde ich das jetzt gar nicht“, meinte van de Loo perplex. „Ich wüsste halt gerne, wo wir uns hier eigentlich befinden.“

„Spinnerei“, wiederholte Strothkamp genervt, „hier gab es früher viel Textilindustrie. Is aber alles pleite.“

Van de Loo nickte. Die beiden Beamten schlichen durch den Raum, vorsichtig, auf jeden ihrer Schritte achtend. Im Staub auf dem Boden waren deutlich frische Abdrücke von Schuhen zu sehen. Vor nicht allzu langer Zeit war hier jemand gelaufen, und der Schrittlänge zufolge nicht gerade langsam. In den Ecken lag zurückgelassenes Hab und Gut von gelegentlichen Übernachtungen Obdachloser. Leere Flaschen und Müll, die Wände übersät mit ungelenken obszönen Zeichnungen und eindeutigen Aufforderungen zu ganz speziellen nächtlichen Treffen. Die Fabrik hatte scheinbar längst einen neuen Zweck gefunden. Sicher ist der längst fort, dachte van de Loo, aber Strothkamp pirschte sich vor wie eine Katze auf der Jagd, die eine besonders fette Maus gewittert hat.

Als van de Loo glaubte, es habe überhaupt keinen Sinn mehr, hier herumzusuchen, hörten sie Glas unter dem Gewicht eines Fußes zersplittern. Das Geräusch kam vom anderen Ende der Halle.

Sie drehten sich auf dem Absatz um. Aus dem Schatten eines zusammengewürfelten Haufens Müll war ein Mann geschossen und näherte sich mit großen Schritten der Tür, durch die van de Loo und Strothkamp eben gekommen waren. Strothkamp rief: „He, stehenbleiben!“, und van de Loo rief: „Polizei“, aber der Mann, der offenbar gut in Form war, hatte schon ein großes Stück des

Hofes überquert und näherte sich der Mauer. Die Polizisten folgten, van de Loo fummelte an seiner Dienstwaffe, während Strothkamp eindeutig zurückfiel.

Der Mann kannte sich hier aus, so viel war klar. Er wusste genau, wo ein Entkommen möglich war, und sprintete auf eine Stelle in der Mauer zu, die niedriger war als generell. Van de Loo sah sich nach seinem Partner um, hoffte, dass dieser außen an der Mauer entlang Strecke gutgemacht hätte, doch er erblickte Strothkamp fast noch an der gleichen Stelle stehend und zu Boden schauend. Idiot, dachte van de Loo und wollte eben wieder los, den Verdächtigen allein zu verfolgen, als er einen Schrei und einen Fluch hörte, der wie „Billard!" klang.

Er blickte nach vorn und sah den Mann im Staub des Hofes liegen und sein Knie umklammern, blickte zurück und sah Strothkamp mit dem Ende eines alten Schlauches in der Hand, den van de Loo bis eben gar nicht bemerkt hatte. Vom Wasserhahn am anderen Ende aus lag der im Dreck des Bodens fast völlig verschwindende Schlauch quer über den Hof. Strothkamp hatte ihn hochgehoben und genau im richtigen Moment mit einem Ruck gespannt, und der Flüchtige war gestürzt. Als die Polizisten ihn erreichten, lag er fluchend da und umklammerte ein Knie. Sie wiesen sich aus und halfen ihm auf, was nicht leicht fiel, da sich der Mann trotz seiner Verletzung heftig wehrte. Auf keine Aufforderung, sich auszuweisen oder zumindest seinen Namen zu nennen, bekamen sie eine Reaktion.

„Was machen wir mit dem?" fragte Strothkamp. „Wir werden ihn mitnehmen müssen, allein schon, um seine

Personalien festzustellen. Und ich wüsste gerne, was er am Tatort zu suchen hatte.“

Der Mann zischte immer weiter Flüche gegen die beiden Beamten, als Strothkamp ihn in Handschellen abführte. Van de Loo wäre beinahe noch über den Schlauch gestolpert, als sie Richtung Ausgang gingen.

## 2
## Von Reibeplätzchen, Regionalbahnen, Rentnern und Rollatoren

Wie fast jeden Morgen begann es mit dem Schlagen der Türen im Flur. Van de Loo lebte jetzt drei Jahre in dieser Wohnung und hatte noch keinen Wecker anschaffen müssen. Pünktlich um 6.30 Uhr begannen die anderen Bewohner des Hauses, dieses zu verlassen, verlässlich lautstark. Der Block aus den Siebzigern hatte dünne Wände, schlechte Fenster und den morbiden Charme einer Bausünde, aber da van de Loo wenig zu Hause war, war es ihm egal. Dass das Kinderhaus ein sozialer Brennpunkt geworden war, in dem Ausländer und Asoziale in regelmäßigen Abständen Randale machten, hatte natürlich nicht zu den Argumenten des Maklers gehört. Van de Loo hatte Eile gehabt bei der Suche nach einer neuen Bleibe, als die Versetzung nach Münster kam. Da war jede Wohnung recht. Man könne ja immer noch umziehen, hatte er sich gesagt, aber bisher hatte seine Trägheit dem im Weg gestanden.

Van de Loo stand also auf, ließ die Decke auf dem Boden liegen und suchte die Klamotten vom Vortag zusammen. Er schlurfte in die Küche und drückte auf den Knopf der Kaffeemaschine, die er abends vor dem Schlafengehen immer noch befüllte, unkonzentriert und meist mit viel zu viel oder zu wenig Kaffeepulver für die eingefüllte Menge Wasser. Während der Apparat zischend und fauchend seine Arbeit erledigte, schaltete er das Radio ein und schlängelte sich durch den engen Flur, vorbei an dem Rennrad, das er kurz nach seinem Einzug gebraucht gekauft und nie benutzt hatte. In Münster fährt man Fahrrad, hatte man ihm gesagt, und er hatte keines besessen. Ein wenig Integrationsbemühung kann nicht schaden, war sein Gedanke gewesen. Phil Collins plärrte irgendetwas über seine Mama, und van de Loo ärgerte sich wie jeden Morgen über den katastrophalen Musikgeschmack der Antenne Münster Redakteure. Im Bad zeigte der Spiegel das Gesicht eines vierzigjährigen Polizisten in Unterhosen und T-Shirt. Unvorteilhaftes Neonröhrenlicht wies ihn auf Augenringe, unreine Haut und die Notwendigkeit einer Rasur hin. Er kämmte sein Haar nass nach hinten, wie er es sich angewöhnt hatte, um die dünner werdenden Stellen am Hinterkopf zu überdecken.

Nach dem Waschen und Zähneputzen kehrte er in die Küche zurück. Der Wetterbericht verkündete eine Regenwahrscheinlichkeit von achtzig Prozent. Van de Loo ließ den Kaffee aus großzügiger Höhe in die Tasse plätschern, die er aus der Spüle genommen hatte, und nahm ihn mit ins Wohnzimmer. Auf sein Bücherregal war er eigentlich immer stolz gewesen, in letzter Zeit wäre allerdings mal wieder eine Neuordnung fällig gewesen. Immer mehr Bücher landeten im Bad auf dem Höckerchen neben der Toilette oder auf dem Nachttisch. Es waren die dünnen Bände der alten Goldmann-Krimi-Reihe, die er einmal in einem großen Rutsch auf seinem ersten Promenadentrödel gekauft hatte. Er griff abends oft blind eins heraus, wenn er keine Lust hatte, eine der endlosen Wiederholungen der beliebten Münster-Krimis anzuschauen. Die ganzen Giebel der Arkaden, die Bäume der Promenade und überquellende Fahrradständer sah er schließlich den ganzen Tag. Jetzt suchte er etwas Bestimmtes. Das Lexikon der Malerei in drei Bänden, das er in einem Kölner Antiquariat zu einer Zeit gekauft hatte, die es schon gar nicht mehr zu geben schien. Damals, im Gymnasium, hatte er sich tatsächlich einmal für Kunst interessiert, aber das war lange her. Er fand es hinter einem unordentlich abgelegten Stapel von Rechnungen und Kontoauszügen.

Van de Loo zog den Band mit dem Buchstaben M heraus und setzte sich an den kleinen Tisch, der eigentlich sein Esstisch sein sollte, aber mittlerweile, da er oft auf der Couch oder im Stehen in der Küche aß, die ideale Ablagefläche für alles Mögliche geworden war.

Er fand den Eintrag Max Maybach und vertiefte sich in den Artikel. Maybach war 1911 in Wuppertal geboren, hatte eine Ausbildung zum Glasmaler absolviert, bevor er 1929 ans Bauhaus nach Dessau und später nach Berlin ging. Van de Loo überflog einige Zeilen, insgesamt sagte ihm das alles nicht viel – eine Künstlerbiographie, die sich nicht sonderlich von so vielen dieser Generation abhob. Er glaubte, das alles schon einmal gehört zu haben. Entartete Kunst, Exil, nie wieder richtig nach Hause gekommen, vergessen und erst posthum wiederentdeckt. Weiter hinten im Bildteil des Buches war eine Abbildung des gestohlenen Werkes. Zahllose Würfel in feinen Abstufungen von Blau verliefen geometrisch ab- oder aufsteigend von einer Ecke des Bildes in die entgegengesetzte. Der Hintergrund war scheinbar monochrom gehalten, changierte aber bei näherem Hinsehen von Hell- zu Dunkelblau. Van de Loo suchte nach der Lesebrille, die er unwillig und selten trug, musste sich erheben und in den Ritzen der Couch nachsehen, in seinem Jackett, das an der Garderobe hing, und fand sie letztlich in der Küche im Brotkorb. Er kehrte zum Tisch und zum Buch zurück und betrachtete das Bild noch einmal. Die Würfel schienen van de Loo nun plötzlich nicht mehr rechtwinklig zu sein. Perspektivisch stimmte etwas nicht, so dass man schwer sagen konnte, ob das Band der blauen Kästchen nun wie eine Treppe aufstieg oder abfiel. Nicht uninteressant, dachte er. Der tiefere Sinn darin, wenn es denn einen gab, wollte sich ihm nicht erschließen. Er schloss das Buch, stellte es ins Regal zurück und sah auf die Uhr. Zeit, zum Dienst zu fahren, stellte er fest, kippte den letzten Schluck kalten Kaffee mit angewiderter Miene herunter und ging.

Im Büro begrüßte ihn Strothkamp mit einem gemurmelten: „Morgen“, das er erwiderte. Van de Loo hängte seine Jeansjacke an den Haken hinter der Tür, direkt neben Strothkamps Blouson. Er fragte den Kollegen: „Gibt’s was Neues?“

„Die haben unseren Flitzer von gestern identifiziert.“

„Und, wer ist es?“ fragte van de Loo.

„Ein gewisser Wladimir Branjic. Russe.“

„Haben wir was über den?“

„Nee, bei uns ist der noch nicht in Erscheinung getreten. Ist auch erst vor ein paar Tagen auf sehr merkwürdigen Wegen eingereist."

„Dann müssen wir die russischen Kollegen fragen, ob da etwas über ihn bekannt ist."

„Hab ich schon veranlasst", sagte Strothkamp stolz und fuhr fort: „Bei der Sitte sitzt doch dieser Ossi, Rico, oder wie der heißt. Der kann ein wenig Russisch, und den hab ich in Minsk anrufen lassen, da war der Branjic zuletzt gemeldet. Aber du weißt ja, das dauert immer ewig, bis die was rausrücken."

„Stimmt", meinte van de Loo. Trotzdem war er froh, dass endlich Bewegung in den Fall gekommen war. Es gab zumindest, wenn auch keine Spuren oder Zeugen, einen möglichen Verdächtigen, das war doch schon mal etwas. Und er erinnerte sich an das gesicherte Beweisstück, dessen unbemerkter Verbleib am Tatort ihm zwar ein Rätsel war, in das er aber große Hoffnungen setzte. Auf dem Schreibtisch breitete er sein Taschentuch aus. Vorsichtig, mit den Spitzen einer Schere und einem Brieföffner, entfaltete er das Stück Papier. Es entpuppte sich als Visitenkarte. Die Aufschrift lautete: *Jeroen van Boersma, internationale bemiddeling,* und es folgte eine Adresse in Hengelo.

„Internationale Bemiddeling", las Strothkamp über die Schulter des Kollegen mit. „Was soll denn das heißen?"

„Keine Ahnung", gab van de Loo zurück.

„Gib mal her!" Strothkamp griff mit seinen plumpen Fingern nach dem Kärtchen.

Van de Loo konnte ihn gerade noch daran hindern und drückte ihm ein gelbes Post-it-Zettelchen in die Hand, das auf seinem Schreibtisch lag, damit der Kollege es damit greifen konnte, ohne einen seiner großen Fingerabdrücke zu hinterlassen. Strothkamp verstand, hantierte umständlich mit den beiden Zetteln und ging zu seinem Schreibtisch. Er ließ sich schwer auf seinen Stuhl sinken und griff zum Telefon. Während er auf die Verbindung wartete, lehnte er sich zurück und betrachtete einen Fleck auf seinem Hosenbein.

„Annegret? Bist du das?“ sprach er ungeheuer laut in den Hörer.

„Ja? Gut! Hier ist Papa!“ Offenbar hatte die Tochter am anderen Ende der Leitung ihn darauf hingewiesen, dass er die Distanz zwischen sich und ihr nicht durch Rufen überbrücken musste und leiser sprechen konnte, denn er drosselte nun seine Lautstärke.

„Annie, alles gut bei dir?“ Strothkamp machte mit der freien Hand eine großzügige Bewegung vor seinem Bauch, formte stumm das Wort *schwanger* für van de Loo und fuhr fort: „Was macht denn die Uni?“

Van de Loo fragte sich, ob er nun Zeuge eines längeren Privatgesprächs zwischen seinem Kollegen und dessen Tochter würde. Strothkamp hatte mittlerweile den Fleck auf seiner Hose durch kräftiges Reiben beinahe beseitigt und sprach immer noch höchst angeregt mit der Tochter. „Und der Fiat, der läuft soweit?“ fragte er nun. Sein Blick fiel auf van de Loo, und er schien sich zu erinnern, weshalb er die Nummer der Tochter eigentlich gewählt hatte.

„Ach, Anni, hör mal: Du hattest doch da mal Holländisch in der Schule ... Was? An der Uni, ja, mein ich ja! Kannst du mir mal schnell sagen, was, wart mal“, er beugte sich schwerfällig vor, um einen erneuten Blick auf die Visitenkarte zu werfen, „was Bemiddeling heißt?"

Er lauschte. Die Tochter erklärte ihm anscheinend gerade, was sich hinter dem Begriff verbarg, und der stolze Vater sah triumphierend zu seinem Kollegen hinüber.

„Ja, prima! Danke, da hast du deinem alten Vater mal wieder sehr geholfen. Ich muss jetzt auch Schluss machen, Anni. Ja, Grüße auch an den ... Sören, ja, sag ich ja: Grüße an den Sören und alles Gute. Tschüss!" Er legte auf und wandte sich erneut seiner Hose zu, auf der er offenbar noch weitere interessante Stellen gefunden hatte. Van de Loo wusste, er wartete auf seine Frage.

„Und, was sagt das Fräulein Strothkamp?" erfüllte er dann seine offenbare Pflicht.

Strothkamp sah auf, ließ sich aber Zeit. Zunächst entfernte er gewissenhaft sämtliche abgekratzte Schmutzpartikel von seinen Schenkeln, dann setzte er sich auf und sagte: „Hat sich ja dann doch mal gelohnt, die Tochter an die Uni zu schicken. Du weißt ja noch, die wollte damals unbedingt nach Enschede zum Studieren, weil die da viel besser sind in Sozial und so ..."

„Strothkamp! Was heißt Bemiddeling?" unterbrach ihn van de Loo, dessen Geduld zu Ende war, recht barsch.

Leicht pikiert stoppte der Kollege seinen Redefluss und sagte: „Handel. Kann aber auch Vermittlung bedeuten oder Vertrieb. Die Anni meint, das könnte ein Makler sein oder so was."

„Okay", sagte van de Loo. „Handel, Vertrieb, das kann ja alles und nichts sein. Maklerei, ein Investor für das Museum, aber auch Kunsthandel. Die Karte wird wohl einem der Holländer gehören, die am Abend vor dem Diebstahl im Museum waren. Entweder war unser Herr van Boersma persönlich dabei, oder einer seiner Kunden hat sie verloren. Aber was hat der in der Küche zu suchen?“

„Die muss ja nicht dem Besitzer aus der Tasche gefallen sein“, meinte Strothkamp völlig zu Recht. „Er kann sie ja auch jemandem vom Museum gegeben haben, und der hat sie in der Küche fallen lassen.“

„Stimmt. Wie auch immer, es kann zwar eine tote Spur sein, aber wir sollten mal nachhorchen, ob jemand diesen Herrn kennt. Man müsste auch mal recherchieren, was der so vermittelt oder womit er handelt.“

„Du kannst ihn anrufen. Seine Nummer steht auf der Karte.

„Nein, das ist mir noch zu früh. Ein Blick ins Netz dürfte da helfen.“

„Das machst du aber. Da bin ich nicht so für, für das Surfen und so, das weißt du ja.“

„Mal sehen, ich frag mal die Stanic, ob sie Zeit hat.“

„Oha, das wird dich aber was kosten“, meinte Strothkamp.

Van de Loo wusste, er würde einiges an Charme und Gesülze auffahren müssen, um die Sekretärin des Chefs dazu zu überreden.

„Egal“, sagte er, „es geht trotzdem tausendmal schneller, als wenn ich es mache. Die Stanic, die hat da echt was drauf!“

„Von weg“, korrigierte Strothkamp.

„Was?“

„Das heißt: Die hat da was von weg!“

Van de Loo verstand. Es war Zeit für eine der Gratisstunden des Kollegen in korrektem Deutsch.

„Und ich wette“, fuhr Strothkamp anzüglich grinsend fort, „ich wette, Internet ist nicht das Einzige, wo die was von weg hat.“

Van de Loo betrat mit der Visitenkarte des dubiosen Niederländers in einem Plastikbeutelchen das Vorzimmer des Chefbüros.

Da Frau Stanic nicht an ihrem Platz war, beschloss er zu warten und setzte sich mit einer halben Pobacke auf die Kante ihres penibel ordentlich gehaltenen Schreibtisches.

Er konnte durch die ledergepolsterte Tür des Büros hören, dass der Chef telefonierte. Seine ölige Stimme drang nur wenig gedämpft zu ihm hinüber. Waldbröker klang gepresst. Ob das an der verfremdenden Akustik lag, konnte van de Loo nicht sagen, aber es schien ihm eher am Gesprächsthema oder -partner zu liegen.

Eigentlich wollte er gar nicht näher erfahren, was dort drinnen besprochen wurde, also rückte er ein Stück weg und versuchte sich gezielt mit etwas anderem zu beschäftigen. Er besah die gerahmten Urkunden an der Wand, den Pokal vom internen Fußballturnier der nordrhein-westfälischen Polizeidienststellen, den die Münsteraner vor seiner Zeit – lange vor seiner Zeit – gewonnen hatten. Aber all das konnte ihn nicht vom mittlerweile fast kriechenden Tonfall des Chefs ablenken. Er ließ den Blick über die Fensterbank wandern, zählte sechs gut gepflegte Sukkulenten, sprang zur Lehne des Stuhls der Sekretärin, über die ein kleines, feines Jäckchen gehängt war, mit einem Pelz- oder Kunstpelzkragen. Ob er ihn anfassen sollte? Er sah unglaublich weich aus. Weiter ging sein Blick: zum Papierkorb, aber auch den schien Olga alle paar Stunden zu leeren, nichts Interessantes darin. Eine Schublade war nicht ganz zugeschoben und störte als Einziges das sonst so akkurate Bild. Van de Loo lehnte sich so weit zurück, wie es ging, konnte aber nicht erkennen, was sich darin befand. Er hatte endlich aufgehört, dem Gespräch im Büro des Chefs zu folgen. Er ging um den Schreibtisch herum, fest entschlossen, nur zu betrachten, was wirklich zu sehen war, aber als er durch den Spalt der Schublade ein offenbar schnell hineingeworfenes, aufgeschlagenes Taschenbuch sah, konnte er nicht anders. Er musste wissen, was Frau Stanic heimlich im Büro las und verstecken musste, wenn der Chef überraschend hereinkam. Er schob es auf seine berufsbedingte Neugier. Er sah kurz in den langen Flur, auf dem auf halbem Weg die Toiletten lagen. Dann ging er einen halben Schritt näher, um sich schnell genug zurückziehen zu können, falls es nötig werden würde. Er zog die Schublade vorsichtig noch ein Stückchen weiter auf und konnte nun den Titel des Buches erkennen. Er schmunzelte. In diesem Moment hörte er rechtzeitig die Tür der Damentoilette zuschlagen und ein vertrautes, resolutes Trappeln hoher Absätze auf dem Linoleum. Er zog sich schnell zurück und tat, als besähe er interessiert die Pflanzen.

Frau Stanic trat durch die offene Tür und schaute den Kollegen prüfend an.

„Van de Loo“, sagte sie neutral.

„Olga“, sagte der und merkte, dass er verdächtig klang. Der Name der Sekretärin war über seine Lippen gekommen, als habe er jeden außer ihr hier in diesem Büro erwartet und sei überrascht, sie hier zu sehen.

„Was willst du?“ Sie hatte den Braten bereits gerochen. Bei all seinem Talent zur Verstellung, seiner Behutsamkeit und Raffinesse in komplizierten Verhören, seine Fähigkeiten versagten im Angesicht Frau Stanic’ verlässlich.

Van de Loo log. „Ach, nichts!“ und sah zu, wie die Sekretärin um den Tisch zu ihm herüberkam, einen vorsichtigen Blick auf die offenstehende Schublade, dann auf ihn warf und die Lade, unsicher, ob er damit zu tun hatte oder nicht, mit einem kräftigen Ruck schloss.

Vermutlich glaubte sie, selbst nicht richtig aufgepasst zu haben, aber sicher war sie nicht, das bewies ihr abschätzender Blick, unter dem sich van de Loo fühlte wie geröntgt.

„Also“, forderte sie gewohnt streng. „Willst du zum Chef?“

„Nein“, sagte van de Loo, nun der Wahrheit entsprechend. „Ich wollte dich um einen Gefallen bitten.“

„Mich? Bin ich jetzt auch deine Sekretärin, oder was? Geht es uns jetzt so schlecht, dass ich zwei oder drei Männern gleichzeitig dienen muss?“

Van de Loo konnte es sich nicht verkneifen. Er musste bei Frau Stanic’ zweifelsfrei nicht komisch gemeinten Worten lächeln, da sie einen zu offensichtlichen Bezug zur Lektüre in ihrem Schreibtisch hatten. Sein unangebrachtes Lächeln ließ sie nur noch kratzbürstiger werden.

„Fragen wir doch den Kollegen Strothkamp gleich auch noch, ob er nicht Lust hat ...“

Bevor van de Loo in lautes Prusten ausbrechen konnte, öffnete sich, gerade rechtzeitig, die Tür des Büros Dr. Waldbrökers. Er sah van de Loo und seine Sekretärin an und fragte in genervtem Tonfall: „Was ist hier los?“

Van de Loo nutzte die Gelegenheit. In Gegenwart ihres gemeinsamen Vorgesetzten würde Frau Stanic ihren Zorn ihm gegenüber zügeln, da war er sich sicher.

„Dr. Waldbröker, ich wollte die Kollegin Stanic nur bitten, eine Kleinigkeit für unsere Ermittlungen bezüglich des Kunstraubes in Steinfurt zu erledigen. Aber leider sieht sie sich aus Zeitgründen außerstande, dies zu übernehmen, was auch überhaupt kein Problem ist.“ Er lächelte freundlich in Richtung der ausnahmsweise einmal sprachlosen Kollegin.

„Ah, gut“, sagte der Chef. „Ich wollte Sie in dieser Angelegenheit ohnehin gleich sprechen. Ich hatte eben ein sehr unerfreuliches Gespräch mit dem Ministerium in Düsseldorf. Der Fall hat äußerste Priorität. Die Presse, Sie verstehen schon.“ Mit einem zuckersüßen Lächeln wandte er sich nun an seine Sekretärin. „Liebe Olga, Sie verstehen angesichts dieser Lage sicher, dass ich es ausgesprochen gerne sähe, wenn Sie Kommissar van de Loos kleiner Bitte trotz Ihrer sicherlich vielfältigen Aufgaben entsprechen könnten. Ich danke Ihnen herzlich.“ Er zog sich zurück in sein Büro, steckte den Kopf aber noch einmal durch die Tür und sagte: „Van de Loo, dann bitte in zehn Minuten mit dem Kollegen Strothkamp!“

Die Bürotür schloss sich, und Olga Stanic setzte sich leise fluchend auf ihren Stuhl. Van de Loo, der noch immer in ihrem Rücken stand, schreckte zusammen, als sie sich mit einem Ruck zu ihm drehte.

„Was soll ich tun?“ fuhr sie ihn an. „Jetzt gib schon her!“ und griff nach der Plastiktüte mit der Visitenkarte, die van de Loo die ganze Zeit über in der Hand gehalten und beinahe vergessen hatte.

Zurück im Büro hätte van de Loo sich am liebsten in seinen Drehstuhl fallen lassen, aber er musste Strothkamp über das anstehende Gespräch in Waldbrökers Büro informieren und direkt wieder umdrehen. Van de Loo war klar, dass es um die gestrige Festnahme ging. Ob er allerdings zur raschen Arbeit gratulieren will, ist fraglich, dachte er.

„Hat aber lang gedauert“, meinte Strothkamp. „War sie störrisch, die Stanic?“

Trotz des zu erwartenden Anpfiffes vom Chef musste van de Loo schmunzeln, als Strothkamp ihn an die Geschehnisse im Vorzimmer erinnerte.

„Nee, ich musste warten“, setzte er an. Zu gern hätte er dem Kollegen erzählt, was er in Frau Stanic’ Schreibtischschublade gesehen hatte, doch er musste sich ermahnen. Jetzt war nicht die Zeit dafür. „Komm, wir müssen zum Chef!“

„Ach du Scheiße!“

„Nun gut“, hob Waldbröker an. „Der aktuelle Fall. Eine sehr brisante Sache mit viel Aufmerksamkeit von außen. Kunstraub ist, wenn ich das so sagen darf, ja nicht gerade das Spezialgebiet von Strothkamp und Ihnen, lieber Gisbert, da gehe ich doch recht in der Annahme, nicht wahr?“

Van de Loo war unsicher, worauf dieses Gespräch hinauslaufen würde. Er bemühte sich um einen möglichst neutralen Gesichtsausdruck. Der Chef fuhr fort: „Ich bin natürlich über die rasche Festnahme erfreut, aber es scheint doch eher ein Zufall gewesen zu sein, dass dieser ..." Er blätterte in seinen Unterlagen, fand aber nicht sofort, wonach er suchte. „Breschnew oder ..."

Van de Loo half ihm weiter: „Branjic."

„Genau! Also, dass dieser Herr Branjic vor Ort gewesen ist. Bisher sehe ich keinerlei Zusammenhang zum Fall."

„Das liegt auch daran, dass er sich beharrlich weigert, irgendwelche Auskünfte zu geben und darauf besteht, kein Deutsch zu sprechen. Auch unserem Dolmetscher gibt er vor, nichts zu verstehen", sagte van de Loo. Er erinnerte sich an das desaströse Verhör am gestrigen Nachmittag, als sie Wladimir Branjic wegen seines verdächtigen Verhaltens am Tatort und seiner Flucht befragt hatten. Jedes zweite Wort des Herrn war dieses nach *Billard* klingende gewesen, das er auch schon am Ort seiner Festnahme ausgiebig gebraucht hatte und das, dem Übersetzer zufolge, eigentlich *Bljad* hieß und so viel wie *Scheiße* bedeutete. Mehr hatten sie nicht aus ihm herausbekommen. Wenn van de Loo auch noch so sehr das Gefühl hatte, dass er mit der Sache irgendwie in Verbindung stand, sie würden ihn bald gehen lassen müssen, wenn nicht irgendetwas auftauchte, was ihn belastete.

„Wie auch immer", meinte Dr. Waldbröker, „ich überlege ernsthaft, ob es nicht ratsam wäre, Ihnen beiden eine fachlich versierte Hilfe zur Seite zu stellen, und dachte da an Frau Maier-Stadlmann vom Kultusministerium, die sich schon in der Vergangenheit als kompetente Kraft in Sachen Hehlerei und illegalem Kunsthandel bewiesen hat. In diese Richtung gehen doch Ihre Ermittlungen, wenn ich es recht überblicke, nicht wahr?“

Van de Loo hätte es ahnen müssen. Der Name Maier-Stadlmann war ihm nicht unbekannt. Im ganzen Präsidium wusste man, dass der Chef allzu gerne in die Politik wechseln würde, sobald er genügend Kontakte dorthin geknüpft hätte, und er nutzte jede Gelegenheit, Experten des ein oder anderen Ressorts seinen aktuellen Fällen beizuziehen, die dann die ermittelnden Kommissare dumm aussehen ließen und in ihrem Abschlussbericht besonders die Fähigkeiten des Amtsleiters Waldbröker lobten. Frau Dr. Ilona Maier-Stadlmann hatte vor Jahren schon einmal hilfreich zur Seite gestanden, als es um den illegalen Handel mit Kunstschätzen aus Münsteraner Kirchendepots gegangen war. Van de Loo hatte nur davon gehört, das war vor seiner Zeit gewesen, aber der Kollege Strothkamp konnte sich noch heute wunderbar ereifern, wenn er nur den Namen der „Kultursekretärin“ hörte.

So würden sie also eine weitere Person in ihre Ermittlungen mit einbeziehen müssen und Einmischungen in Kauf nehmen, aber vielleicht wurde ja sogar etwas Positives daraus; wer konnte das schon sagen.

Die Tage vergingen. Strothkamp, lustlos und noch antriebsärmer als sonst, stellte sich ab Mittwoch auf das Wochenende ein und war keine große Hilfe bei van de Loos Recherchen bezüglich van Boersmas. Branjic blieb schweigsam, so oft sie ihn in die Mangel nahmen, und weitere Spuren wollten sich einfach nicht finden lassen.

Immer wieder merkten sie, dass ihnen das Verständnis für die Zusammenhänge in der Kunstwelt und dem daran hängenden Markt fehlte. Das Ganze war so schwer zu deuten wie Maybachs Gemälde selbst.

Van de Loo hatte sich vorgenommen, den Samstag für Recherchen zu nutzen. Er war früh aufgestanden, hatte sein übliches Junggesellenfrühstück zu sich genommen und war dann eine Zeitlang am Computer hängengeblieben. Er war nicht allzu firm im Internet, aber selbst er hatte herausbekommen, dass der Markt für Bauhaus-Kunst wuchs, seit die klassische Moderne um van Gogh von den Japanern zu Tode gekauft worden war. Nun war er unterwegs in die Stadt, um ein wenig über die bisherigen Erkenntnisse nachzudenken und überdies ein paar dringend nötige Einkäufe zu erledigen. An und für sich hasste er Münster am Samstag. Diese bunte, aufdringliche Mischung aus Touristen, die so taten, als seien sie Münsteraner, auf Leihrädern ungeübt die Straßen unsicher machend, und die Münsteraner, die auf dem Wochenmarkt so taten, als seien sie Hamburger oder Berliner, proseccoschlürfend, antipastikauend und mit Sakko und Künstlerschal an den Feinkostständen plauschend als gäbe es kein Morgen. Selbst das Grünkohlessen fand mittlerweile an einem schicken Wagen statt und hatte Kultcharakter. Immer wieder hörte man Touristen andere Touristen fragen, wo denn der Dom sei, und die Gefragten wiesen, mitten auf dem Domplatz stehend, zielsicher Richtung Lamberti, van de Loo hätte mittlerweile darauf wetten können. Der Markt war inzwischen so populär, dass die Leute aus der weiteren Umgebung kamen, um dort die Waren zu bewundern. An ein gezieltes Einkaufen war kaum zu denken, weshalb der Kommissar bevorzugt kurz vor Schluss dorthin ging, wenn die Verkäufer drastisch die Preise senkten, um ihr überschüssiges Sortiment noch loszuwerden. Er ließ sich gewöhnlich nicht von all den Leuten im offensichtlichen Shoppingrausch anstecken, doch die Sonne schien, und irgendwie bekam er Lust, sich noch ein wenig die Beine zu vertreten. Er warf seit langem einmal wieder einen Blick auf das Bild des Straßenmalers gegenüber dem Kaufhof, wich dann allerdings schon wieder genervt den Radfahrern aus und beschloss, wieder einmal in eine Buchhandlung zu gehen. Die mehrgeschossige, schicke im neu gebauten Einkaufszentrum, das er für sich selbst nur die Reichskanzlei nannte, wegen der Geräumigkeit und der furchtbar protzigen Glaskuppel im Dach, mied er. Er mochte die ebenso große, aber weniger mondäne auf der Salzstraße lieber. Vor der Tür spielte eine Kapelle *When the Saints*.

Als van de Loo den Laden betreten hatte, überlegte er, was genau er eigentlich suchte, und blieb vor dem *Wo-ist-was*-Schild neben dem Aufzug stehen. „Kann ich etwas für Sie tun?“ fragte eine kleine, adrett gekleidete Verkäuferin freundlich lächelnd.

„Danke“, gab van de Loo zurück.

„Suchen Sie etwas Bestimmtes?“ hakte die Buchhändlerin nach.

„Äh, nein, eigentlich nicht, aber ...“ Wahrscheinlich machte er den verwirrten Eindruck eines eher seltenen Buchkäufers, der er ja genau genommen auch war. Die Angestellten hier waren solche Kunden sicherlich gewohnt und ließen sich nichts anmerken. Dennoch wollte van de Loo nicht wie ein Idiot wirken, der sich in einer Buchhandlung nicht zurechtfand.

„Kunst“, sagte er, wohl merkend, dass Ein-Wort-Sätze bei einer Buchhändlerin wahrscheinlich nicht allzu gut ankommen würden. „Wo finde ich die Kunstabteilung?“ rang er sich ab. Vielleicht färbte die wortkarge Art Strothkamps allmählich auf ihn ab.

Die Verkäuferin, ungemein geduldig, zeigte immer noch keine Anzeichen von Genervtheit und sagte freundlich lächelnd: „Erste Etage. Einfach die Rolltreppe hinauf und dann immer geradeaus. Meine Kollegin hilft Ihnen dort gerne weiter.“

Van de Loo nickte und wurde das Gefühl nicht los, als wirke er überfordert. Tatsächlich war er dankbar für die Auskunft, da er, wie er jetzt bemerkte, schon einige Monate nicht hier gewesen war und ein wenig die Orientierung verloren hatte. Um ihn herum murmelten und schubsten die anderen Kunden vor der Bestsellerwand. Van de Loo dankte der Buchhändlerin und schritt zügig zur Rolltreppe.

In der wohltuend überschaubaren Kunstabteilung war es recht leer, und van de Loo stellte erfreut fest, dass es eine nach Alphabeth sortierte Wand mit Kunstbüchern gab. Viel verstand er ja nicht von Malerei, aber das Alphabeth kannte er. Über Max Maybach gab es keine Monographie, aber er fand einen dicken Band über das Bauhaus. Er blätterte darin, und ihm wurde erneut klar, warum ihn Bauhaus-Kunst früher immer an das Spielen mit Bauklötzen erinnert hatte. So viele Würfel, Dreiecke und Zylinder. Der Band enthielt ein, zwei Bemerkungen zu Max Maybach. Sosehr er in Steinfurt verehrt wurde, in der Kunstwelt war er nur einer unter vielen. Van de Loo fand zwei kleine Abbildungen aus dem Zyklus *Sturm* und eine der *Blauen Komposition*. Er vertiefte sich in den Essay, in den die Bilder als Illustration eingebunden waren. Der Autor zog Parallelen zur Kunsttheorie Kandinskys und ließ sich über Paul Klees Überzeugung aus, dass jeder Mensch von einer farbigen Aura umgeben sei, die seinen Energiekörper darstellt. Dem Text zufolge hatte Klee in vielen seiner Bilder versucht, die psychische Wirkung der Farbe durch magische Quadrate zum Ausdruck zu bringen. Als Beispiel der Wirkung dieser Theorie unter anderen Bauhäuslern wurde Maybachs Bild erwähnt. Bald schon verlor van de Loo allerdings den Faden und stellte den Band zurück ins Regal.

Als er aus der Buchhandlung kam, stellte er fest, dass er seine Einkäufe beinahe vergessen hatte. Er wollte heute Nachmittag noch einmal nach Steinfurt fahren und sich ein wenig im Museum und in der Umgebung umsehen. Da Strothkamp auf einem freien Samstag bestanden hatte und van de Loo selbst nicht gern Auto fuhr, würde er den Zug nehmen. Er hatte festgestellt, dass man nur einmal in der Stunde nach Steinfurt fahren konnte, was ihn unter einen gewissen Zeitdruck setzte. Er beschloss nach kurzer Überlegung, seine Besorgungen auf das Notwendigste zu beschränken und sie schnell auf dem Markt zu erledigen. Die Supermärkte im Stadtzentrum waren um diese Zeit voll von Studenten, die ihre Wochenendeinkäufe tätigten, und überhaupt empfand van de Loo diese Läden als derart eng, dass er sie nach Möglichkeit mied und irgendwo in seinem Viertel einkaufte.

Zu seiner Freude war das Treiben auf dem Markt mittlerweile etwas abgeebbt. Ein wenig Gemüse, etwas Obst, aber nur so viel, dass er es auch verbrauchen konnte. Er ging durch die Reihen und sah sich nach einem Stand um, der ihm geeignet erschien. Er brauchte jetzt keinen frischgepressten Fruchtsaft, auch keinen Flammkuchen. Die Wild- und Fischstände ignorierte er völlig und schmunzelte, dass andere einen Fasan oder einen Lachs bestaunten, als seien es seltene Museumsstücke. Zunehmend planlos irrte van de Loo über das bucklige Kopfsteinpflaster. Den Chinawagen brauchte er jetzt nicht, auch keine Batiktücher. Der Geruch von Lakritz mischte sich mit dem von Reibekuchen – nein, hier sagte man Reibeplätzchen, so viel hatte er schon gelernt.

Als er endlich einen Stand gefunden hatte, an dem er seine fünf Äpfel und einen Salatkopf erwerben konnte, steckte er erleichtert seinen Geldbeutel zurück und griff nach seinen Tüten. Ein schrilles Gelächter kam aus der Richtung der Edel-Fressmeile. Van de Loo sah hinüber und erblickte genau das Publikum, das er nicht mochte. Er wollte schon weiter, als er stutzte und noch einmal genauer hinsah. Zwischen all den schicken Menschen, die genüsslich überteuerte Knoblauch-Pilze in Rahmsoße oder Ähnliches verzehrten, entdeckte van de Loo ein vertrautes Gesicht. Sein Kollege Strothkamp stand merkwürdig verschämt an einem der Stehtische. Als Einziger ohne Begleitung und nicht stadtfein gemacht, sondern genau so, wie er ihn kannte. Er beugte den massigen Oberkörper über eine kleine Plastikschüssel und löffelte hastig etwas in sich hinein, was vielleicht Erbsensuppe war, denn van de Loo sah ihn umständlich mit einem Plastikmesser an einer Mettwurst herumfuhrwerken.

Van de Loo überlegte, ob er auf sich aufmerksam machen oder einfach gehen sollte, beschloss aber, es sei albern, den Kollegen nicht zu begrüßen, wenn man sich einmal privat traf, was selten genug der Fall war. Er ging also hinüber und sprach ihn an.

„Hallo Strothkamp!“

Der Kollege zuckte zusammen. Das Stück Wurst, das er gerade auf dem Löffel balancierte, fiel auf halbem Weg zum Mund herunter und landete auf dem Boden.

„Hallo van de Loo“, sagte Strothkamp mit dem Blick auf seinen Schuhen, wo das Wurststück auf der einen Seite mit Dreck paniert liegengeblieben war.

„Was machst du hier, so alleine?“

„Oh, nix weiter“, meinte der Kollege gewohnt wortkarg, doch van de Loo spürte, dass ihm das Treffen aus irgendeinem Grund peinlich war.

„Wo ist denn deine Frau?“ fragte er tastend weiter. Er konnte sich einen gemeinsamen Einkauf des Ehepaars Strothkamp gut vorstellen, bei dem sich der Gatte eine Auszeit bei einer warmen Suppe gönnt, während seine Frau noch etwas besorgt.

„Hör mir auf“, meinte Strothkamp, nun sichtlich aufgebracht, jedoch schon wieder über sein Schüsselchen gebeugt und eifrig schaufelnd. „Shoppen“, fuhr er fort, das Wort verächtlich aussprechend. „Ich nehm mir extra frei, dachte, wir machen mal was, gehen an den Hafen oder so, aber nix, die Gnädige muss nach weiß ich nicht wo, shoppen! Und du so?“

Van de Loo erzählte von seinen Recherchen im Netz und in der Buchhandlung, und zu seinem Erstaunen erwiderte Strothkamp: „Ja, ich hab mich auch ein bisschen schlaugemacht. Meine Tochter hatte Leistungskurs Kunst, und die hat mir das alles ein bisschen erklärt, mit dem Bauhaus und den ganzen Ausländern da."

Van de Loo sah den Kollegen erstaunt an.

„Na ja, Kempinski und Mahagoni-Laszlo und so, du weißt schon!"

Van de Loo schmunzelte, ließ sich aber nichts anmerken.

„Wie gehen wir denn jetzt vor?" fragte Strothkamp. „Also ich, ich hätte ja jetzt sozusagen Zeit."

„Ja, ich dachte, ich fahr gleich noch mal hin. Dieser Russe rückt ja nicht mit der Sprache raus, den werden wir bald gehen lassen müssen, aber ich würde gerne mal mit dem Stiftungsvorsitzenden und eventuell auch noch mal mit dem Hausmeister sprechen. Außerdem muss doch irgendwer was gesehen haben, ich dachte, wir fragen mal in der Nachbarschaft."

„Ha, ein Bestatter, der Pastor und ein Seniorenheim, da wird es ja vor Zeugen nur so wimmeln", meinte Strothkamp, schob seinen Teller fort und zog die Papierserviette aus seinem Hemdkragen, um sich umständlich den Mund zu säubern.

Sie gingen Richtung Hauptbahnhof und überquerten den Platz des neugestalteten Einkaufsbereichs in der Stubengasse, der van de Loo immer noch furchtbar überdimensioniert vorkam. An der Engstelle zwischen diversen Handyläden und einer amerikanischen Kaffeehauskette wurden sie das erste Mal nach Kleingeld gefragt. Strothkamp zückte seinen Dienstausweis, und der junge Mann, offenbar ein versprengter Rest einer links-alternativen Szene, zog sich schleunigst und sich entschuldigend zurück. Als die Promenade die Straße kreuzte, wurde van de Loo erneut klar, warum dieser grüne Ring auch die Fahrradautobahn genannt wurde. Sie mussten einige Zeit warten, bis die Gruppen von Touristen mit ihren Leihrädern und die Studenten auf ihren geflickten Hollandrädern vorbei waren. Vor dem Lackmuseum saß ein alter, bärtiger Mann, der sie ebenfalls nach ein paar Münzen fragte. Van de Loo wäre bereit gewesen, diesem armseligen Männchen etwas zu geben, aber Strothkamp reagierte wiederum schneller.

„Bin arbeitslos“, sagte er, und der Mann auf dem Pflaster antwortete unverzüglich mit einem kollegialen Winken: „Alles Gute!“

Van de Loo sah seinen Kollegen irritiert an, und dieser sagte: „Was ist? Ich komm hier öfter lang. Einmal hab ich so eine feine Tussi gesehen, ganz in Jil Zander oder wie das heißt, die hat genau das Gleiche gesagt, und der Alte hat ihr nur alles Gute gewünscht. Das mach ich jetzt immer so bei dem.“

Van de Loo schüttelte den Kopf. Zwischen den zahllosen an Laternenpfähle und Bäume geketteten Fahrrädern hindurch schlängelten sie sich weiter. Am Bahnhofsvorplatz lungerte eine ganze Traube von jungen Leuten mit oft sehr großen Hunden herum, die meisten mit Bierflaschen vor sich. Daneben aßen Geschäftsleute im guten Anzug vorsichtig Currywurst am Otmar-Alt-Imbiss, um sich nicht die Krawatte zu bekleckern. Strothkamp und van de Loo kamen unbehelligt in die

Halle. Der Bahnhof aus den dreißiger Jahren hätte eine Menge Charme haben können, dachte van de Loo, aber das allgemeine Erscheinungsbild war eher traurig. Seit Jahren bemühte man sich um eine Neugestaltung, was aber immer aus diesem oder jenem Grunde fehlschlug.

Van de Loo hatte kürzlich einen Kabarettisten über den Bahnhof sagen hören, er sei Deutschlands größte Toilette mit Gleisanschluss. Die beiden Polizisten blieben vor der großen Anzeigetafel stehen, die die abfahrenden Züge auflistete. Die Regionalbahn 64 nach Enschede über Zentrum Nord, Altenberge und Steinfurt fuhr um 13.08 Uhr.

Sie kauften sich ein Viererticket und stutzten über den enormen Betrag, den sie zu zahlen hatten. Die Bahn war nicht sehr voll. Schon nach wenigen Minuten hielt der Zug im Zentrum Nord. Strothkamp, der widerwillig mitgekommen war, weil er nicht gerne mit der Bahn fuhr, blühte förmlich auf.

„Platten-Peter“, rief er aus, als der Zug stoppte. „Da haben Waltraud und ich unser Bad von machen lassen, alles vom Feinsten, und da hinten sitzt die Provinzial, edle Kiste ist das geworden. Mensch, ich glaub, hier bin ich seit Jahren nicht gewesen.“

Weiter ging die Fahrt, und van de Loo wartete bei jedem Halt auf die lustige niederländische Ansage, denn der Zug ging durch bis Enschede.

Nienberges Bahnhof war nicht mehr als ein moderner Klotz zum Unterstellen mit Gleisanschluss, Altenberge erstaunlich hügelig für das angeblich so flache Westfalen. Das alte Bahnhofsgebäude hatte man zu einem schick aussehenden Lokal umgebaut, mit Korbstühlen im Außenbereich. Ob jedoch viele direkt an den Bahngleisen speisen wollten, da war sich van de Loo nicht sicher. Strothkamp hatte hier und dort eine Anekdote zum Besten zu geben, wies den Kollegen auf dieses oder jenes hin, wurde aber zunehmend unruhiger und stiller, umso weniger van de Loo etwas entgegnete. Van de Loo, der jahrelang in Köln gelebt hatte, glaubte, bald würde die Strecke einfach aufhören, und sie müssten wahrscheinlich mit Pferdewagen weiter, aber erstaunlicherweise, so stellte er auf dem Linienplan fest, war dies zwar der letzte verkümmernde Trieb am Baum des Schienennetzes, aber Steinfurt hatte drei unterschiedliche Haltestellen.

„Das muss ja der reinste Moloch sein, dieses Steinfurt“, meinte er ironisch zu Strothkamp, der sich neben ihn gestellt hatte und verwirrt den Plan studierte, aber dieser nickte völlig ernst und erwiderte: „Ja, das hat sich ganz schön gemacht! Das Problem ist nur, dass das ja eigentlich zwei Städte sind. Burgsteinfurt und Borghorst, und die sind sich natürlich spinnefeind. Wenn die eine Seite was bekommt, wie jetzt das neue Einkaufszentrum, dann will die andere auch was, zum Beispiel einen neuen Sportplatz.“

Van de Loo lachte ungläubig, aber Strothkamp bekräftigte: „Doch doch, der Bürgermeister muss am Nummernschild seines Dienstwagens ein Jahr die 51 als Endziffer haben, wie in der Vorwahl für Burgsteinfurt, und im nächsten dann die 52, wie in der Vorwahl von Borghorst, sonst gibt’s Ärger. Ich weiß das, weil ja wie gesagt meine Schwester hier wohnt. Vielleicht liegt das daran, dass Borghorst katholisch und Burgsteinfurt evangelisch ist.“

Naher Osten, Nordirland, Nordmünsterland, dachte van de Loo, als sie in Borghorst einfuhren. Religiöse Brennpunkte – wohin man schaut.

Sie stiegen aus. Der Bahnhof von Borghorst sah trostlos aus. Man hatte wohl kürzlich die Bahnsteige saniert, aber das Bahngebäude war nah an einer Ruine und verrammelt. In der ehemaligen Kneipe schien ein Verein seine Heimat gefunden zu haben. Draußen warb man um neue Interessierte an der Geschichte der Nordwestmünsterländischen Eisenbahn.

Van de Loo hätte nicht sagen können, in welche Richtung sie gehen müssten, um zum Museum zu gelangen. Er hatte den Bahnhof in der Nähe der Innenstadt erwartet, in Sichtweite des Kirchturmes von St. Nikomedes, aber so war es nicht. Auf der anderen Seite der Gleise sahen sie eine Tankstelle und einen Lebensmittel-Discounter, auf dessen Laderampe zwei Mitarbeiterinnen rauchten. Vor ihnen lag eine stark beschädigte Straße mit einer wild bewucherten Wiese voll blökender Schafe und rechts ein altes Fabrikgelände, dessen Wände von oben bis unten mit Graffitis versaut waren. Jemand hatte wohl *Motherfucker* schreiben wollen, war aber beim ersten Versuch am O, beim zweiten am Th und beim dritten am U gescheitert. Für ungelenke Hakenkreuze und den Schriftzug S 04 dagegen hatte es offenbar geradeso gereicht.

„Was machen die mit all den alten Hallen?“ fragte van de Loo.

„Nix“, meinte Strothkamp und wies zielsicher eben diese Straße entlang. „Mit dem Wattendorf-Komplex planen die seit Jahren mal dies, mal das, aber zustande gekommen ist bisher nix davon."

Rechts passierten sie ein altes, ehemals wohl herrschaftliches Haus, völlig dem Verfall preisgegeben. Strothkamp folgte dem Blick seines Kollegen und sagte: „Das ist die alte Villa. Da hat mal der Geschäftsführer gelebt. Ne Zeit lang hat die Stadt da noch Asylbewerber und so einquartiert, aber mittlerweile würden sie die wohl am liebsten abreißen. Geht aber nicht, Denkmalschutz." Van de Loo nickte. „Ganz früher", fuhr Strothkamp nun mit gedämpfter Stimme fort, „ganz früher war da mal die Volksbücherei der Nazis untergebracht. Nachdem sie die jüdische Familie rausgeworfen haben, der es gehört hat. Später dann hat ein Textilunternehmer das Haus übernommen."

Van de Loo hörte interessiert zu und ging weiter. Offenbar war der Ort größer, als er gedacht hatte, doch jetzt, samstagnachmittags, fast vollkommen menschenleer. Die Einkaufsstraße hatte er bisher noch nicht entdeckt und wunderte sich darüber, denn er hatte gelesen, dass Steinfurt den Titel 1A-Einkaufsstadt trug. Erstaunlich war der Wechsel von der hektischen Betriebsamkeit Münsters zu der völligen Ödnis der Kleinstadt in nur fünfundzwanzig Kilometern Entfernung. Der Kommissar fühlte sich an seine Kindheit in einem kleinen rheinischen Städtchen erinnert, wo man am Samstag verlässlich um spätestens dreizehn Uhr auf der Straße Federball hatte spielen können.

Vereinzelte Radfahrer fuhren Slalom um die zahlreichen Schlaglöcher und beäugten die beiden Fremden. Strothkamp schien zu ahnen, welchen Weg sie einschlagen mussten. Ihm schien auch die Ruhe überhaupt nicht aufzufallen. Vermutlich, so stellte sich van de Loo vor, war er auf einem Bauernhof irgendwo in den allerletzten Ausläufern des Hinterlandes aufgewachsen und nur durch Zufall in die Stadt verschlagen worden. Obwohl er nur etwa zehn Jahre jünger war als sein brummiger Kollege, kam dieser ihm so vor wie mancher Rentner, den er in Münster immer wieder sah und der ausschließlich in seinem vertrauten Viertel in den ihm vertrauten Läden einkaufte, vermutlich seit vierzig oder fünfzig Jahren, und die momentane Entwicklung seiner Stadt zum Touristenmagneten überhaupt nicht wahrnahm.

Ein paar verwinkelte Straßen später gelangten sie schließlich doch zur Kirche und zum Museum. Van de Loo wies Strothkamp an, noch einmal die Bewohner der angrenzenden Häuser zu befragen und sich im Umfeld ein wenig umzuhören.

Strothkamp murmelte wenig begeistert in sich hinein. Die Aussicht auf einen Besuch beim Bestatter nebenan und dem Pfarrer schien ihm nicht sonderlich viel Spaß zu machen, aber er sagte nichts und zog los, während van de Loo die Treppen zum Museum hochstieg, um sein Gespräch mit dem Professor zu führen.

Professor Karmann, der Kopf der Stiftung, die das Museum betrieb, erwartete ihn bereits. Ein großer, schlanker Mann im guten Anzug. Das ehemals blonde Haar war dünn und weiß geworden und etwas länger als es vermutlich zu seiner Zeit als Schuldirektor gewesen war. Er wirkte streng, aber durchaus sympathisch. Van de Loo hatte die Aussage Karmanns unmittelbar nach dem Raub aufmerksam gelesen und in dieser Woche mehrfach mit ihm telefoniert. Der Professor war natürlich äußerst interessiert an der Aufklärung des Falles und hatte bisher alle geforderten Informationen bereitwillig und zuverlässig gegeben. Schon unmittelbar nach der Tat hatte er die Ermittler durch die Aushändigung des Gästebuches des Museums unterstützt, durch das man einige Besucher am Freitag vor dem Raub hatte ausfindig machen und befragen können. Tatsächlich hatten mehrere davon Wladimir Branjic wiedererkannt und angegeben, ihn schon vorher und auch an diesem Tag im Museum gesehen zu haben.

Der Professor begrüßte van de Loo höflich und wies ihn ins Innere des Gebäudes. Im Eingangsbereich erwartete er erst gar nicht die Fragen des Beamten, sondern begann sofort.

„Wissen Sie, Herr Kommissar. Es betrübt mich außerordentlich, dass ein derartiger Vorfall unser Projekt momentan in so ein ungünstiges Licht rückt. Wir haben schließlich vonseiten der Stiftung jahrelang für diese Unternehmung gekämpft und sind auf viele Widerstände gestoßen. Es ist deshalb ungeheuer wichtig, dass der Diebstahl schnell geklärt und das entwendete Gemälde an seinen angestammten Platz zurückgeführt wird."

Van de Loo nickte verständnisvoll, sagte aber noch nichts, denn Professor Karmann schien ganz offenbar noch einige Anmerkungen machen zu wollen. Van de Loo wollte ihn ruhig reden lassen und folgte ihm in den nächsten Saal.

„Wir bewegen uns ja hier nicht einfach nur in einem Museum. Dies ist ein Ort, der für die ganze Stadt, ja, die ganze Region von Bedeutung ist." Karmanns Blick schweifte kurz durch den Raum und hinaus in den Garten. Er breitete bei seinen Worten die Arme aus, als wolle er sie von hier aus symbolisch um Haus und Stadt und Kreis legen.

„Ich habe ein wenig in Ihrer Broschüre gelesen", sagte van de Loo.

„Dann wissen Sie ja, dass dieses Gebäude schon an sich eine Art Schaubild der Borghorster Geschichte darstellt. Es ist das einzig erhaltene der sieben Häuser von Stiftsdamen, die die innere Stiftsfreiheit darstellten."

Van de Loo nickte. Wenn er ehrlich war, hatte er die Absätze, die die alte Geschichte der Stadt behandelten, eher nur überflogen. All die aufgezählten Orte, in deren Reihe man sich in der Broschüre stellte, sagten ihm wenig, genau wie die Beschreibungen der kleinadeligen Lebensform vor der Säkularisation im frühen 19. Jahrhundert. Er las zwar unzweifelhaft den Stolz aus den Zeilen heraus, konnte sich aber dennoch nicht für die Details begeistern.

„Darüber hinaus", fuhr Professor Karmann fort, „ist es auch in der späteren Blütezeit der Stadt, als diese sich zum Industriestandort gewandelt hatte, von exemplarischer Bedeutung gewesen." Der Professor wies auf ein kleines, gerahmtes altes Foto, das an der Wand des Wintergartens hing. Es zeigte eine gutbürgerliche Familie in der gewohnten Aufstellung für derartige Porträts. Vater in der Mitte, Mutter daneben und dann die zahlreichen Kinder um sie herum gruppiert, allesamt in den besten Kleidern und ordentlich frisiert.

„Es diente der Fabrikantenfamilie Lensing als Villa und repräsentierte den wirtschaftlichen Aufschwung der

Stadt und den Wohlstand, den er ihren Familien bescherte. Heute, nach dem Niedergang der Textilindustrie am Ort, hat das Haus nun durch unser Projekt nach der kirchlichen und der bürgerlichen auch eine öffentliche Funktion erhalten." Sein Blick ruhte noch für einige Sekunden auf den Gesichtern der Mitglieder der Familie Lensing, dann wandte er sich wieder an van de Loo, der jetzt doch langsam zu seinen noch offenen Fragen kommen wollte.

„Wir bereiten gerade die Wiedereröffnung des Hauses vor, denn, wie sagt man so schön: The Show must go on. An der Stelle, an der der Maybach hing, haben wir bewusst die entstandene Lücke gelassen und ein kleines Schildchen darunter angebracht, auf dem steht: *Hier hing das Gemälde ‚Blaue Komposition in getreppter Skala' von Max Maybach, das Opfer eines Diebstahls geworden ist.* Kommen Sie, ich zeige es Ihnen." Van de Loo folgte dem Professor zum Treppenhaus und stieg hinter ihm die Stufen hinauf. „Geklaut wird ja überall", fuhr der Professor fort. „Aber manchmal fragt man sich schon, wie dreist die Leute noch vorgehen können. Wissen Sie, im Bauhaus-Museum in Dessau werden immer wieder die originalen Bauhaus-Türklinken und Lichtschalter abgeschraubt, und im Lokal fehlen jeden Abend Messer, Gabeln und sogar Tassen."

Im ersten Stock des Museums war der Charakter eines Wohnhauses noch deutlicher erhalten, fand van de Loo. Es war sicherlich einmal ein gemütliches Domizil gewesen. Professor Karmann wies den Kommissar auf die Originallampe über dem Treppenhaus hin und lieferte im Folgenden eine für van de Loos Bedürfnisse doch etwas zu ausführliche private Führung. Ein Raum beherbergte

Bauhaus-Möbel, die Maybach entworfen hatte, und wirkte wie ein modernes Wohnzimmer. In einem weiteren befand sich das, was der Professor wiederholt die Keimzelle Steinfurt-Borghorsts nannte: die alte Stiftsbibliothek, die erst jetzt, nach langer Zeit, aus Münster zurückgefunden hatte. In langen Regalen reihten sich Lederrücken an Lederrücken, Folianten an kleine gedrungene Bände. Den eigentlichen Bibliotheksbereich trennte ein Gerüst aus wohl originalen alten Balken vom Rest des Raumes. An den Wänden hingen Porträts knollennasiger Herren, die, wie Karmann zu erzählen wusste, allesamt wichtige Funktionen in der Stadtgeschichte innegehabt hatten. Künstlerisch seien sie natürlich minderwertig, aber regional von doch immensem Interesse.

„Wissen Sie, Herr Kommissar, wenn man das hier jetzt so sieht, kann man sich nicht mehr vorstellen, wie marode das alles war und wie viel Arbeit und Geld es gekostet hat, alles instand zu setzen.“ Der Professor postierte sich an einer bestimmten Stelle in der Mitte des Raumes und fuhr fort: „Eben hier, an dieser Stelle, war der Boden derart von Käfern zerfressen, dass ich bei einer Begehung des Raumes schnurstracks durch die Bretter brach und unten im Shop landete.“ Van de Loo merkte, der Professor erwartete eine interessierte Nachfrage, gab aber, wahrscheinlich gewohnheitsgemäß, die Antwort gleich selbst. „Nein, gottlob war ich unverletzt, aber es gibt ein gutes Beispiel für das, was wir hier geleistet haben.“ Das konnte van de Loo guten Gewissens benicken.

Er folgte Karmann in den Saal mit den Werken Maybachs. Hier war der Eindruck nun doch eher der eines Museums. Von stattlicher Größe und sorgsam mit modernen Sitzgelegenheiten ausgestattet, hatte der Raum Zugang zu den Glasaufzügen, die hinunter zum Wintergarten führten, und einen schönen offenen Blick. Er erkannte einige der Werke aus den Büchern, die er studiert hatte. Viele Motive wiederholten sich. Dreieck, Kreis und Quadrat, lyrische Ellipsen, Balken und Kalligraphisches waren fast überall zu finden.

„Wir haben uns entschlossen, die Werke spärlich zu hängen, anders als in manch anderem privat betriebenen Haus. Dort bevorzugt man hier und da die Petersburger Hängung, die oft an häusliche Wohnzimmer erinnert und das einzelne Werk leicht untergehen lässt. Wir haben uns für Klarheit entschieden und dafür, die Werke thematisch zu gliedern." Er wies in eine Ecke des Raumes und sagte: „Hier finden Sie die Porträt-Serie Maybachs." Van de Loo folgte der Geste des Professors und sah die ebenfalls in geometrische Formen aufgelösten Gesichter. „Hier", Professor Karmann deutete auf eine andere Wand, „die politischen Motive und dort", wiederum zielte er mit dem ausgestreckten Arm auf eine andere Stelle, „die berühmten Zyklen *Sturm* und *Poesie*, die noch im Exil entstanden sind."

Van de Loo nickte. Ihm war etwas aufgefallen, was ihn wirklich interessierte. In einer Ecke des Saales war ein Waschbecken angebracht und wirkte inmitten der Bilder und Objekte etwas deplatziert.

Der Professor bemerkte den leicht irritierten Blick des Kommissars und meinte leicht beschämt: „Hier mussten wir etwas improvisieren. Im ganzen Obergeschoss gab es keine Möglichkeit, einen Zugang zu Wasser zu schaffen.

Aber natürlich konnte man den Reinigungskräften nicht zumuten, das Wasser zum Putzen immer von unten zu holen. Also haben wir diese Lösung gefunden. Es handelt sich aber um ein Original Bauhaus-Waschbecken samt Hahn und passt somit doch ins Gesamtkonzept. Aber sicher interessiert Sie nun, wo genau der Maybach hing."

Van de Loo merkte, der Professor wollte von diesem kleinen Provisorium ablenken und folgte ihm dankbar zu der kleinen, kahlen Stelle an der Wand mit dem Frühwerk Maybachs. Unspektakulär, dachte er und fragte sich, was er erwartet hatte. Der eigentlich brisante Fleck in diesem Haus, die Stelle, an der ein Raub geschehen war, war ein leeres Stück Tapete. Natürlich war es original Bauhaus-Tapete, wie er mittlerweile erfahren hatte, aber eben nur Tapete.

Mit tief erschüttertem Blick musterte Karmann die Lücke zwischen zwei weitaus größeren Bildern, dann van de Loo, als könne dieser aus der reinen Betrachtung der Stelle schon irgendwelche Schlüsse ziehen. Van de Loo sah sich um. Alles war von den Kollegen vorschriftsgemäß gesichtet und gesichert worden, das wusste er, folglich würde er hier nichts mehr entdecken. Es hatte keine Fingerabdrücke oder sonstigen Spuren gegeben. Das Bild war sozusagen von der Wand genommen worden und mit dem Täter verschwunden, auf welchem Wege auch immer. Van de Loo dankte dem Professor und versicherte ihm auf seine Nachfrage hin, dass einer Wiedereröffnung wirklich nichts im Wege stand.

Karmann verabschiedete sich nun bedauernd, ein dringender Termin. Sollte er, van de Loo, noch Fragen haben, könne er ihn jederzeit anrufen. Jetzt sei noch Herr

Zimmermann im Haus und bereite die Wiedereröffnung vor. Sämtliche Aufräum- und Reinigungsarbeiten hatten ja während der akuten Untersuchungsphase der Räumlichkeiten ruhen müssen. Der Kommissar könne sich also noch gerne ungestört umsehen. Vielleicht fiele ihm ja noch etwas Entscheidendes auf.

Wieder stand van de Loo im Wintergarten des Museums. Irgendwie war es immer merkwürdig, in öffentlichen Räumen zu stehen, wenn diese leer waren. Für die Öffentlichkeit gedacht, ging etwas Trauriges, fast Beklemmendes von ihnen aus, wenn sich niemand darin bewegte. Dazu kam das merkwürdige Wetter. Van de Loo hatte es immer angenehm gefunden, dass es in Westfalen selbst an heißen Tagen nicht schwül war. Ein großer Fluss wie der Rhein, den er schließlich jahrelang vor seiner Haustür gehabt hatte, verbreitete immer eine unglaubliche Feuchtigkeit. Das fehlte hier. Dafür gab es kühlende Bäume en masse. Heute war allerdings einer der Tage, die seine These widerlegten. Es war schon morgens sehr warm gewesen, am Vorabend hatte es ergiebig geregnet, und schon als sich van de Loo auf den Weg in die Stadt gemacht hatte, hatte er begonnen zu schwitzen. Über dem Museumsgarten lag nun eine Glocke aus grauen Wolken, es wäre objektiv schwer zu sagen gewesen, ob es noch kurz nach Mittag oder schon früher Abend war.

Van de Loo besah eine Zeitlang das riesige Gemälde Max Maybachs an der Stirnseite des Raumes. Es hing, angestrahlt von zwei Flutern, in der Mitte des hohen Lichtschachtes und zeigte abstrakte Formen auf hellem Grund. Die Farben waren leuchtend, aber dünn aufgetragen. Van de Loo merkte, wie wenig er über Malerei wusste. Er hätte gesagt, es sei ein Aquarell, es hatte diese Leichtigkeit, aber vermutlich war es Öl. Ein Knirschen von Kies ließ ihn seine Aufmerksamkeit von dem Bild ab- und in den Garten schweifen. Unter dem schweren Himmel, der wie ein Deckel über der warmen Luft lag, und den schweren, reglosen Ästen der riesigen Bäume sah van de Loo erneut eine Rentnerin in Schwarz ihr Wägelchen schieben, einige Dinge lagen in dem kleinen Körbchen vorne. Er meinte, einen Liter Milch und ein kleines Brot erkennen zu können. Für van de Loo waren alte Frauen wie Japaner; eine sah aus wie die andere, aber er war sich recht sicher, dass es die gleiche Dame war wie neulich, als er das erste Mal hier war. Das war kein Wetter für eine alte Frau in schweren Schuhen und einem schwarzen Kostüm, aber wahrscheinlich ging sie strikt jeden Tag die Strecke zum Supermarkt, um sich selbst eine Struktur zu schaffen. Die Alte hatte mittlerweile die Mitte des Gartens erreicht. Ein ruppiger Wind schickte vereinzelte Böen, kein Haar an der Steckfrisur der Frau bewegte sich, nur der unterste Teil des Saums ihres Rockes flatterte leicht. Dennoch kam sie ins Stocken oder gönnte sich eine Ruhepause. Van de Loo merkte, dass sie doch für ihre Verhältnisse zügiger ging als beim letzten Mal, unmerklich schneller. Als sie verschnauft hatte, schwer auf die Griffe ihres Rollators gestützt, schob sie weiter, doch die Räder des Wagens hatten sich offenbar im Kies verdreht und eingegraben. Mit einem kräftigen Ruck wollte die Seniorin ihre Gehhilfe befreien, was nicht gelang. Der Wagen steckte fest. Als die Rentnerin sich verzweifelt dagegenlehnte, geschah es: Das Gerät kam ins Kippen, die Alte ließ nicht los und fiel, ohne einen Ton von sich zu geben, vornüber. Van de Loo erschrak, fragte sich, wie er nur dastehen und zuschauen konnte, aber es war so schnell gegangen. Jetzt schließlich lief er zur Tür. Er fand die alte Dame im Kies. Sie war auf ihren Wagen gefallen, zur Seite gerutscht und auf dem Rücken liegengeblieben. Für van de Loo, der hastig über den Rasen lief, war es eine Beruhigung zu sehen, dass sie sich bereits wieder aufrappelte und schon fast aufrecht saß. Es hatte ganz leicht angefangen zu regnen, vereinzelte Tropfen, deshalb konnte van de Loo nicht sagen, ob die Frau Tränen auf der Wange hatte oder nicht. Er erreichte die Mitte des Gartens und sprach die Dame an.

„Geht es? Sind Sie verletzt?“ Sie winkte ab.

Van de Loo half ihr auf, er hatte keine Erfahrung mit älteren Leuten. Sein Vater war vergangenes Jahr ins Seniorenheim gegangen, wo er von professionellen Kräften gepflegt wurde. Seine Mutter war im Krankenhaus gestorben, er hatte keine Ahnung, wie man Menschen anfasste und aufhob, aber es gelang leidlich. Er richtete den umgestürzten Rollator wieder auf und füllte das entstandene Loch im Kies mit dem Fuß.

Die Alte griff danach. „Danke“, sagte sie, an sich herunterschauend. Nur ganz wenig Erde und Sand war auf ihren Kleidern zurückgeblieben. „Vielen, vielen Dank, ich weiß gar nicht ...“, sie stockte, „wie das passieren konnte.“ Van de Loo sammelte die herumliegenden Einkäufe ein. Ein verbeulter Tetrapak Milch, eine Schachtel mit Keksen und tatsächlich ein Brot, gottlob keine Eier. Er legte die Sachen zurück in den Korb.

„Der Kies“, sagte er. „Der ist zu tief hier. Sie sind mit den Rädern hängengeblieben. Haben Sie sich etwas getan? Brauchen Sie einen Arzt?“

Die Rentnerin verneinte. Es sei alles in Ordnung.

„Aber Sie sind ganz zitterig“, sagte van de Loo und dachte, das könne unhöflich gewesen sein, wenn die Rentnerin vielleicht unter Parkinson litt und das Zittern ihr Normalzustand war.

„Das ist nur der Schreck“, meinte sie. „Ich danke Ihnen herzlich, Herr Kommissar.“

Van de Loo stutzte. „Woher ...?“

„Ich habe Sie neulich schon hier gesehen, als Sie mit Herrn Zimmermann und Ihrem Kollegen dort standen.“ Sie wies mit einer Hand Richtung Wintergarten und strich sich anschließend eine weiße Strähne, die sich vom Sturz gelöst hatte, zurück. In dieser Sekunde wirkte sie erstaunlich mädchenhaft. Vielleicht kam es daher, dass sie sich schämte zuzugeben, dass sie hinüber in fremde Fenster geschaut hatte.

„Ich hab doch von dem gestohlenen Gemälde gelesen. Schlimm, so ein Diebstahl in der Nachbarschaft. Da nimmt man schon Anteil. Aber es sagt einem ja keiner was. Das ist nichts für Alte, meinen sie.“

Van de Loo nickte. „Mein Name ist übrigens Gisbert van de Loo“, sagte er und hielt seinem Gegenüber die Hand hin.

„Bergmann, Cäcilia Bergmann. Sehr angenehm, Herr Kommissar.“

Sie schüttelten sich die Hände.

„Sie sollten jetzt schnellstens nach Hause. Es fängt wahrscheinlich gleich an zu schütten.“

„Sie haben recht. Dann mach ich mich mal auf den Weg."

„Ich bringe Sie", meinte van de Loo.

„Danke, aber ich möchte nicht, dass Sie sich so viel Mühe machen, Herr Kommissar. Sie sind doch im Dienst und haben sicher gar nicht die Zeit, sich um eine alte Frau zu kümmern."

„Doch doch, jetzt machen Sie sich mal keine Sorgen. Das geht schon! Ich kann Sie doch jetzt nicht alleine gehen lassen."

„Das ist so nett von Ihnen. Ich danke Ihnen aufrichtig."

Van de Loo begleitete die Rentnerin zum Seniorenheim an der Ecke. Erstmals fiel ihm auf, wie unpraktisch historisches Pflaster sein kann, wenn man auf eine Gehhilfe angewiesen war. Mit Frau Bergmann an seiner Seite musste er weite Umwege in Kauf nehmen, um das grobe Kopfsteinpflaster zu umgehen. Er sah auf die kleine Frau und stellte sich vor, wie sie jeden Tag hier entlangschlich. Keiner bemerkte sie. Ihr Tempo war außerhalb der normalen Betriebsgeschwindigkeit der anderen Menschen, selbst in einer Kleinstadt.

„Wissen Sie, Herr Kommissar", sagte Frau Bergmann, „in dieser Kirche haben wir meine erste heilige Kommunion gefeiert, vor nun bald zweiundachtzig Jahren. Eine ganz andere Zeit. Heute ist alles so schnell und so laut, aber die Kirche steht noch."

Van de Loo lauschte und lächelte. Eine Grundschule lag gegenüber, mit Bushaltestellen und Fahrradständern. An einer langen, alten Mauer aus groben, nachgedunkelten Steinen gingen sie auf einem schmalen Bürgersteig entlang.

„Das hier gehörte alles mal zum Damenstift Borghorst“, sagte Frau Bergmann. „Sozusagen die Keimzelle der Stadt.“ Ein gewisser Heimatstolz lag in ihrer brüchigen Stimme. Van de Loo war hauptsächlich froh, dass der alten Dame offensichtlich nichts fehlte. Wenn sie ihn auf solche Dinge hinwies, konnte ihr nicht viel passiert sein.

Im Wohnheim angekommen, nahm fast niemand Notiz von ihnen. „Ich bringe Sie noch zu Ihrem Zimmer“, sagte van de Loo.

Frau Bergmann wollte abwehren: „Nein, Herr Kommissar, Sie haben schon genug Zeit mit mir vertrödelt. Von hier aus komme ich wunderbar zurecht, wirklich!“

Aber van de Loo beharrte darauf, was der Rentnerin dann doch gar nicht so unangenehm zu sein schien. Sie wies ihm den Weg zum Aufzug. Im Obergeschoss, am Ende des Flurs, hielt die Alte an und griff nach ihrer Handtasche im Netz ihres Rollators, was ihr große Schwierigkeiten machte. „Darf ich?“ fragte van de Loo, nahm nach ihrem zustimmenden Nicken die Tasche und hielt sie der Rentnerin geöffnet hin. „Danke“, sagte diese und fischte den Schlüssel heraus.

„Danke vielmals für Ihre Hilfe, Herr Kommissar.“ Ein verschmitztes Lächeln huschte für eine Sekunde in ihre Mundwinkel. „Es stimmt wohl, was man sagt. Die Polizei, dein Freund und Helfer.“

Van de Loo richtete sich steif auf und legte einen Finger an eine imaginäre Dienstmütze. „Allzeit bereit“, sagte er lächelnd und verabschiedete sich.

Strothkamps Befragung der Nachbarn hatte nichts wirklich Erhellendes zutage gefördert. Zwar hatte er hier und da eine ganze Zeit verweilt und konnte auch von einer allgemeinen Zurückhaltung berichten, aber das war in van de Loos Augen nicht verwunderlich bei diesem Menschenschlag. Wenn sie ehrlich waren, tappten sie komplett im Dunklen, hielten lauter lose Enden in ihren Händen. Die Einzige, die sie noch nicht zu den Geschehnissen hatten vernehmen können, war die ehrenamtlich tätige Fabrikantentochter.

## 3
## Gutbetuchte Textiler und knubbelnasige Ahnen

Mit Frau Brock hatten sie einen Termin vereinbaren müssen. Sie hatten vom Hausmeister Zimmermann erfahren, dass sie eine sehr umtriebige Person war, die allerlei Arbeit für das Museum und die Stiftung leistete, selbstverständlich ehrenamtlich. Auch von den Angestellten des Museums, die sie mittlerweile verhört hatten, gab es nur positive Meinungen über die Dame, obwohl bei manchen eine ausgesprochen respektvolle Zurückhaltung durchklang. Der Vorsitzende der Stiftung, Professor Karmann, der sich jeden Tag mehrmals bei ihrem Chef Herrn Dr. Waldbröker nach dem Stand der Ermittlungen erkundigte, hatte bereits freundlicherweise einige Daten und die Adresse der geschätzten Helferin übermittelt. Laut seinen Angaben war Frau Isolde Brock Anfang sechzig und hatte ausgesprochen gute Verbindungen. Sie war seit einigen Jahren verwitwet und hatte neben dem ansehnlichen Erbe wohl schon immer über ein stattliches Vermögen verfügt. Frau Brock entstammte einer der besagten alten Fabrikantenfamilien. Aber das waren alte Zeiten.

Mittlerweile betätigte sich Frau Brock auf verschiedenen Gebieten als ehrenamtliche Helferin, bevorzugt dann, wenn eine positive öffentliche Wirkung damit verbunden war.

Frau Brock bewohnte ein gediegenes Haus auf einem ansehnlichen Anwesen in einer der besseren Ecken der Stadt. Strothkamp lenkte den Wagen über den Zufahrtsweg und parkte. Die beiden Polizisten sahen unbewusst nach dem korrekten Sitz und Erscheinungsbild ihrer Kleidung, als sie auf die Tür zuliefen. Strothkamp, du hättest deine Schuhe mal putzen können, dachte van de Loo. Sie klingelten.

Eine gepflegte, etwas streng wirkende Dame öffnete.

„Ja bitte?“ sagte sie mit ruhiger, tiefer Stimme.

„Frau Brock?“

Die Dame antwortete mit einem knappen Nicken.

Beide Kommissare, aus irgendeinem Grund besonders auf die Einhaltung aller Vorschriften bedacht, zückten unbewusst gleichzeitig ihre Ausweise.

„Kriminalhauptkommissar van de Loo. Das ist mein Kollege, Kommissar Strothkamp. Wir hatten einen Termin vereinbart.“

Frau Brock musterte die Ausweise und die Gesichter der Beamten gründlich, bevor sie mit einem „Bitte“ und einer knappen Geste die Tür freigab.

„Entschuldigen Sie bitte, dass ich Ihnen nichts anbieten kann, aber meine Zugehfrau ist leider heute verhindert, da ihr Kind erkrankt ist, und ich selbst komme eben erst aus Amsterdam und habe keine Zeit gefunden, etwas vorzubereiten.“

„Das macht überhaupt nichts“, sagte van de Loo, „es dauert auch gar nicht lange.“

Strothkamp bekräftigte die Worte des Kollegen mit einem unbeholfenen, kleinen Diener. Er wirkte etwas gehemmt angesichts der Gediegenheit der Räumlichkeiten. Das Haus an sich war alt und von außen eines der vielen liebevoll gepflegten Bauernhäuser der Gegend. Auch innen hatte man auf den ersten Blick wenig an den baulichen Vorgaben geändert. Die Einrichtung jedoch war eine gelungene Mischung aus Altem und Modernem. Van de Loo entdeckte einige Möbelstücke, die er glaubte, schon einmal in irgendeinem Designkatalog gesehen zu haben. Das Interesse Frau Brocks an moderner Kunst und strengen Linien war unübersehbar.

Sie manövrierte die beiden Polizisten durch einen großen Raum mit einem gläsernen Esstisch darin ins Wohnzimmer, wies ihnen wiederum wortlos Plätze zu und setzte sich selbst. Sie saß aufrecht, mit geradem Blick, und verkörperte auf diese Art ein Abbild von absoluter Aufmerksamkeit.

„Frau Brock, Sie betätigen sich seit Beginn der Planungen im Umfeld des Bauhaus-Museums. Welcher Art ist Ihre Tätigkeit dort genau?“ fragte van de Loo, um zunächst seine bisherigen Informationen abzugleichen.

„Ich organisiere und leite Veranstaltungen für interessierte Bürger und öffentliche Gruppen. Im Großen und Ganzen könnte man Öffentlichkeitsarbeit dazu sagen.“

„Ehrenamtlich“, stellte van de Loo fest.

Das beantwortete Frau Brock zunächst mit einem Nicken, bevor sie beschloss, es zu erläutern. „Es ist mir ein Anliegen, dieses für die gesamte Region wichtige Projekt so gut wie möglich in der Wahrnehmung der Öffentlichkeit zu verankern und ihm ein solides Standing zu geben. Auch wirtschaftlich. Da hilft man gerne."

Van de Loo nickte nun seinerseits und fuhr fort: „Auch am Abend vor dem Diebstahl waren Sie dort beschäftigt, wenn ich richtig informiert bin."

„Das sind Sie."

„Bitte schildern Sie mir doch kurz, um welche Art von Veranstaltung es sich an diesem Abend handelte. Wie groß und welcher Art war die Gruppe, die Sie betreuten?"

„Es handelte sich um fünfundzwanzig Vertreter von Firmen verschiedener Branchen aus den Benelux-Staaten. Sehr qualifizierte und solide Interessierte."

„Worum ging es in der Veranstaltung denn thematisch?"

„Der Abend war Bestandteil einer Initiative des Kreises, die dazu dienen soll, die Vorzüge der Region in jederlei Hinsicht einem breiteren Publikum vertraut zu machen. Die Teilnehmer haben auch andere Orte und Organisationen in Augenschein nehmen können."

„Also suchten Sie mögliche Investoren. Auch für das Museum."

„Wir sind über Unterstützung von allen Seiten immer glücklich, aber dieser Abend war eine allgemeine Sache, ohne konkrete Gespräche."

„Frau Brock, sagt Ihnen der Name van Boersma etwas?"

„Ja, Mijnheer van Boersma ist uns ein Begriff."

„Darf ich fragen, woher?"

„Es ist allgemein bekannt, dass die Firma van Boersma es nicht scheut, Objekte mit einem gewissen Potenzial gerne, wie soll man es nennen, unter seine Fittiche nimmt, um an deren Entwicklung teilzuhaben."

„Wie darf ich das verstehen?" hakte van de Loo nach.

„Es tut mir leid, es so sagen zu müssen, aber Mijnheer van Boersma hat nicht den allerbesten Ruf, was ihn angesichts seines Erfolges wohl eher wenig stören dürfte. Er investiert Geld in Firmen und Objekte, die ihm vielversprechend erscheinen. Oftmals hält er es für nötig, mit einem gewissen Druck auf einen Rückfluss seines Einsatzes zu pochen."

„Ich verstehe. Ist denn von seiner Seite auch am Museum Interesse gezeigt worden?"

„Nein", sagte Frau Brock, „bisher sind wir noch zu klein und unbedeutend, um die Aufmerksamkeit des Herrn auf uns zu ziehen, und ich muss sagen, ich bin nicht traurig darüber."

„Wann war die Veranstaltung denn beendet?"

„Gegen 22.30 Uhr. Die Herren haben sich überschwänglich bedankt und sich dann verabschiedet."

„Ist Ihnen danach noch irgendetwas aufgefallen?"

„Nein, Herr Zimmermann war wie üblich zugegen und hat die Lichter gelöscht und die Türen verschlossen. Wissen Sie, er ist immer der Letzte, der das Haus verlässt. Er hat einen Schlüssel und weiß, wie die Alarmanlage und alle weiteren elektrischen Dinge zu bedienen sind."

Van de Loo öffnete seine Mappe.

„Darf ich Ihnen noch ein Foto zeigen, Frau Brock? Wenn Sie es sich bitte genau ansehen würden und mir sagen, ob Sie den Mann schon einmal gesehen haben."

Frau Brock saß scheinbar entspannt und doch hochkonzentriert auf dem ausladenden Sofa in ihrem Wohnzimmer. Sie hatte das Bild von Wladimir Branjic aufmerksam und doch mit einem gewissen Desinteresse gemustert und sich dann den Kommissaren zugewandt. „Nein, den Herrn habe ich noch nie gesehen. Um wen handelt es sich denn da? Ist das der Täter?"

„Wir stehen noch am Anfang unserer Ermittlungen", gab van de Loo zurück.

Sein Eindruck von der Dame war zwiespältig. Sie strahlte eine Autorität aus, die ihm unangenehm war. Als dulde sie diese Befragung, aber nur unter von ihr selbst festgesetzten Umständen. Strothkamp saß etwas ungelenk neben van de Loo, die Arme vor der Brust verschränkt, wobei er sich regelmäßig mit einer Hand das Kinn knetete, als störten ihn die eigenen Bartstoppeln.

Van de Loo hatte das Gefühl, er müsse hier und heute seine Worte genau prüfen. Er begann: „Wir haben diesen Herrn aufgegriffen, als er sich am Tag nach der Tat im Museum aufhielt und eine Befragung des Hausmeisters Zimmermann durch mich und meinen Kollegen belauschte. Außerdem gibt es Zeugen, die ihn im Raum der Stiftsbibliothek gesehen haben wollen, nur einen Tag vor dem Diebstahl."

„Ist er gefasst?" fragte Frau Brock.

„Wir werden ihn laufen lassen müssen. Es gibt keinerlei weitere belastende Indizien gegen ihn."

„Bedauerlich", meinte Frau Brock mit einer gewissen Bitternis in ihrer Stimme.

Van de Loo machte eine Geste, die als so-ist-es-nun-einmal zu verstehen war, und erhob sich. „So, Frau Brock, das war es auch schon für heute. Ich danke herzlich für Ihre Auskünfte, und falls sich noch Fragen ergeben sollten, dürfen wir uns hoffentlich noch einmal bei Ihnen melden.“

Strothkamp hatte sich ebenfalls mühselig aus dem Stahlrohr-Stuhl gehievt. Zunächst folgte er van de Loo und Frau Brock Richtung Flur, verharrte dann aber plötzlich vor einer der Wände und blieb zurück. Er betrachtete eine Reihe von Gemälden, die in ihrem Stil so überhaupt nicht zum sonstigen Erscheinungsbild der Räumlichkeiten zu passen schienen. An allen anderen Wänden hatten moderne Zeichnungen in schmalen Stahlrahmen gehangen. Die Bilder, die Strothkamp nun entdeckt hatte, waren alte Porträts von rotgesichtigen Männern, manche mit Knubbelnasen, andere asketisch schmal, viele mit weißen Perücken und alle in dunkler, schwerer Kleidung dargestellt. Am Ende der Reihe war der Wandel zur Moderne erkennbar, man trug jetzt kurzes, gescheiteltes Haar und breite oder schmale Bärte und bürgerliche Kleidung oder Uniform. Eine gewisse Ähnlichkeit ließ auf Verwandtschaft schließen, aber noch auffälliger war: Keiner davon lächelte. Das erste Mal, seit sie Frau Brocks gediegene Heimstatt betreten hatten, bekam Strothkamp nun die Zähne auseinander.

„Was sind denn das hier für Bilder? Das ist jetzt aber nicht von dem Bauhaus, oder?“

Frau Brock wandte sich von van de Loo ab und Strothkamp zu, als bemerke sie seine Anwesenheit erst jetzt. Sie ging einige Schritte zurück ins Wohnzimmer, verschränkte die Arme vor der knochigen Brust und ließ einen flüchtigen Blick über die Wand schweifen.

„Das hier, Herr ...“, setzte sie an.

„Strothkamp. Franz Strothkamp.“

„Das hier, Herr Strothkamp, sind die Porträts einiger meiner Vorfahren. Alle, die Sie hier sehen, waren für unsere Stadt tätig. In irgendeiner Form, sei es im kirchlichen- oder im verwaltungstechnischen Umfeld, haben sich alle um den Wohlstand und das Heil Borghorsts verdient gemacht. Da sind Pastoren, Richter, Fabrikanten. Diese Letzten hier haben der Stadt wohl zu ihrer glanzvollsten Epoche verholfen. Mein Großvater betrieb noch eine der größten Textilfabriken seiner Zeit. Leider fehlt eines der Porträts, ausgerechnet das des Ältesten in der Reihe. Aber es wird Sie sicher ebenso freuen wie mich, dass auch dieses Mitglied meiner Familie nun wieder in der Stadt zu bewundern ist. Das Museum hat es glücklicherweise mit der Bibliothek aus den bischöflichen Beständen zurück nach Borghorst holen können, und es hängt nun im Saal im Obergeschoss." Strothkamp nickte etwas verspätet, und Frau Brock meinte: „Aber ich will Sie nicht länger aufhalten, meine Herren."

In der Tür blieb van de Loo noch einmal stehen und sagte: „Frau Brock, eine Frage hätte ich noch."

„Ja", meinte diese völlig ungerührt. „Bitte!"

„Sie sagten, Sie kommen gerade aus Amsterdam. War es eine private Reise?"

„Überwiegend ja", antworte Frau Brock. „Ich habe Bekannte besucht. Aber natürlich gibt es auch immer Kontakte darunter, die man über die Tätigkeit im Museum geknüpft hat. Da sind die Übergänge sozusagen fließend."

„Ich verstehe", sagte van de Loo, und beide Kommissare verabschiedeten sich endgültig und gingen zum Wagen.

„Mensch, ich hab kaum was von dem Zeug verstanden, was die gesagt hat", meinte Strothkamp brummelig.

Van de Loo schwieg. Sie stiegen ein.

„Was hat das denn jetzt gebracht?" grummelte Strothkamp weiter. „Branjic kennt sie nicht. Van Boersma ist nie dagewesen, und sonst hat sie auch nichts gesehen oder gehört."

„Lass mal, Franz", meinte van de Loo, als er sich anschnallte. „Das war schon hilfreich."

Strothkamp brummte etwas Unverständliches und ließ den Motor an.

„Machen wir Feierabend, oder was?" fragte er.

„Du kannst schon fahren. Ich hab noch was zu erledigen", sagte van de Loo.

„Und wie kommst du nach Hause?" fragte der verdutzte Strothkamp.

„Mit der Bahn, Strothkamp, mit der Bahn", sagte van de Loo lächelnd, da er wusste, das Angebot würde der Kollege nicht ausschlagen können. „Setz mich mal an der Kirche ab." Am Kirchplatz stieg van de Loo aus. „Schönen Feierabend", sagte er, aber der Kollege winkte ab.

„Ach, Feierabend", meinte er. „Waltraud will das Gästezimmer renovieren, und ich hab versprochen, dass ich heute anfange. Bis Morgen!"

Van de Loo konnte sich vorstellen, dass der Kollege heute die Landstraße nahm und nicht die B54.

## 4
## Stiftsfräulein und Unruhestifter

Am nächsten Morgen waren van de Loo und Strothkamp erneut nach Steinfurt gefahren. Professor Karmann wollte von den Kommissaren über den neuesten Stand der Ermittlungen informiert werden, und Strothkamp hatte mit Zimmermann noch einige Fragen bezüglich der technischen Details der Alarmanlage zu klären. Sie stellten den Wagen auf dem kleinen Platz am Park ab, direkt neben dem Brunnen, aus dem haufenweise Schaum quoll, da mal wieder jemand Spülmittel hineingegossen hatte.

„Lausejungs", sagte Strothkamp verächtlich. Van de Loo grinste.

Als sein Gespräch mit dem Professor wenig Neues gebracht hatte und für beide Parteien eher unergiebig vorübergegangen war, beschloss van de Loo, noch einmal nach der Rentnerin zu sehen.

Er ging an der Kirche und an der langen groben Mauer vorbei und dachte nun, anders als beim ersten Mal, daran, dass sie zum Stift gehört hatte. Er fragte nach ihr und bat eine der Angestellten, ihn hinauf zu ihrem Zimmer zu bringen und ihn anzumelden.

„Das ist aber schön", sagte die Frau am Tresen. „Frau Bergmann bekommt sonst nie Besuch. Sind Sie ein Verwandter?"

Van de Loo verneinte: „Nur ein Bekannter!" und ließ sich von der etwas enttäuscht wirkenden Frau hinaufbegleiten.

„Ah, Herr Kommissar, wie nett!" Frau Bergmann schien sich wirklich aufrichtig über seinen Besuch zu freuen. Sie bat ihn freundlich herein. In ihrem Zimmer bewegte sie sich nur mit einem Stock vorwärts, der Rollator stand hinter der Tür.

Van de Loo trat ein, blieb in der Mitte des kleinen Raumes stehen und erklärte, er wolle gar nicht lange stören und nur kurz hören, ob sie ihren Unfall neulich gut überstanden habe.

Frau Bergmann setzte sich. „Es geht mir gut. Der Arzt hatte große Sorgen, dass ich mir etwas gebrochen habe, aber es ist gutgegangen. Trotzdem, ohne Ihre Hilfe wäre ich nie wieder auf die Beine gekommen. Sie sind mein Retter, ich danke Ihnen noch einmal herzlich."

„Deswegen bin ich gar nicht gekommen", sagte van de Loo. „Das war doch selbstverständlich." Er sah sich um.

Das Zimmer war klein und mit den Resten eines irgendwann einmal sicher stattlichen Mobiliars bestückt. Nur das Bett war modern und entsprach den Krankenhausstandards. Es roch nach Rosenöl und ganz spezifisch nach etwas, was van de Loo zuletzt in der Wohnung seiner Großmutter wahrgenommen hatte. Einige alte Fotos hingen in antiken Rahmen über dem Sideboard. Ein Teppich dominierte die Wand hinter dem Kopfende des Bettes.

„Auf den Boden durfte ich den nicht legen, wegen der Stolpergefahr", erläuterte Frau Bergmann, als sie den Blick des Kommissars bemerkte.

„Ein schönes Stück", gab dieser zurück und drehte sich zum Fenster.

Der Blick aus Cäcilia Bergmanns Zimmer ging nach hinten heraus.

„Das ist der alte Stiftsgarten“, sagte sie. Sie setzte sich vorsichtig in einen Sessel, der in der Nähe des Fensters stand. „Hier sitze ich oft ganze Tage und schaue raus. Manchmal stell ich mir vor, wie die Stiftsfräulein hier spazieren gegangen sind, damals.“

Van de Loo nickte verständnisvoll, betrachtete aber weiter die Kieswege und kleinen Rasenstücke. Einige Bäume standen dort und Bänke. Sicher war es früher auch einmal ein Gemüsegarten gewesen, dachte er. Er bemerkte, dass die Alte seinem Blick folgte und schwieg. „Dann ist ja alles gut“, sagte er. „Nun, ich will Sie ja auch gar nicht weiter aufhalten.“

Er machte Anstalten, sich zu verabschieden, aber die alte Dame unterbrach ihn: „Aber Herr van de Loo. Eine alte Frau wie mich können Sie gar nicht stören, ich bitte Sie. Bleiben Sie noch ein paar Minuten. Ich freue mich so, Besuch zu haben. Leider kann ich Ihnen nicht viel anbieten, oder möchten Sie vielleicht ein Glas Saft?“ Sie wies mit der knochigen Hand leicht zitternd auf ihren kleinen Tisch, auf dem eine Flasche Traubensaft stand. Van de Loo verneinte dankend. „Aber ein paar Minuten zu mir setzen können Sie sich doch. Das können Sie mir nicht abschlagen, Herr Kommissar.“

Van de Loo lächelte und setzte sich auf Frau Bergmanns Aufforderung in den Sessel ihr gegenüber.

Eine Viertelstunde später waren sie in ein langsames, aber interessantes Gespräch vertieft. Van de Loo fragte: „Ist das denn hier nicht etwas einsam für Sie, Frau Bergmann? Und beschwerlich? Der Supermarkt ist ja nun doch ein ganzes Stück weg. Es gibt doch mittlerweile so gute Wohnmodelle für Senioren unmittelbar in den Städten."

„Verstehen Sie, Herr Kommissar, ich bin hier geboren und groß geworden. Als mein Mann starb, wollte ich unbedingt wieder hierher. Die Kinder sind ja schon lange überall verstreut und kamen zuletzt nur noch selten. Was sollte ich da mit dem großen Haus? Viele Freunde hatten wir ja nicht. Wissen Sie, mein Mann kam aus Münster, und die ersten Jahre haben wir dort in einer kleinen Wohnung gelebt. Er war bei der Bank, und ich habe nebenbei als Sekretärin in einem Verlag gearbeitet, mein Mann war da sehr fortschrittlich, und wir brauchten das Geld. Später bekam er immer bessere Stellen, aber das hieß umziehen. Erst sind wir nach Dortmund gegangen, haben dann einige Jahre in Düsseldorf verbracht, und als die Kinder da waren und mein Mann eine führende Position innehatte, haben wir in Ahlen ein Haus gebaut und uns dort niedergelassen. Aber selbst nach dreißig Jahren sind wir dort immer noch die Zugezogenen gewesen. Wenn man mit den Kindern und der Schule und all dem beschäftigt ist, dann merkt man es nicht so. Später war mein Mann in Rente, wurde aber leider sofort krank. Viel haben wir da nicht mehr voneinander gehabt. Als ich dann allein war, wollte ich das nicht mehr. Meine Kinder haben das damals nicht verstanden, weil sie ja alle woanders geboren sind und die vielen Umzüge ... Ich habe das Haus verkauft und allen Kindern gleich viel von dem Erlös gegeben, dann bin ich hierher zurück. Ich sehe das, was ich kenne und an das ich gute Erinnerungen habe. Es ist schön hier!"

Van de Loo hörte aufmerksam zu. Gerne erfuhr er, was andere, auch ältere Leute über ihr Leben zu erzählen hatten, Berufsinteresse wahrscheinlich, aber er fürchtete nun doch einen längeren Monolog der Rentnerin und die Schwierigkeit, sich aus dieser Situation herauszuziehen.

Als van de Loo zurück zum Museum kam – es fiel ihm auf, wie kurz der Weg eigentlich gewesen war für einen nicht Gehbehinderten –, machte er sich auf die Suche nach seinem Kollegen. Das Auto stand immer noch direkt vor dem Gebäude. Als er darum herum zur Tür gehen wollte, fiel ihm auf, dass sich ein langer, tiefer Kratzer über die gesamte Beifahrerseite zog. War Strothkamp noch irgendwo gewesen? Der Wagen schien an exakt der gleichen Stelle zu stehen. Er ging hinein, um den Kollegen zu fragen. Nach kurzem Suchen fand er Strothkamp mit Jakob Zimmermann in der Küche stehend, beide mit einer Tasse Kaffee in den Händen.

„Der Herr Kommissar", piepte der Hausmeister und wurde sofort geschäftig. „Auch einen Kaffee?"

„Nee, danke", entgegnete van de Loo recht barsch. „Strothkamp, was ist denn mit dem Wagen?"

„Wieso?" fragte dieser und nahm noch einen ausgiebigen Schluck von seinem Kaffee, bevor er ihn mit einem sehnsuchtsvollen Blick auf die noch halbvolle Tasse wegstellte.

„Komm mal mit und schau dir das an", forderte van de Loo ihn auf, und sie gingen durch den Eingangsbereich hinaus. Strothkamp begutachtete den Kratzer vornübergebeugt, und sein Kopf rötete sich unglaublich schnell vor Wut.

„Verdammt! Das gibt Ärger auf der Wache!“ Aufgebracht wandte Strothkamp sich von links nach rechts und ballte die Fäuste in den Hosentaschen. „Das muss doch irgendwer gesehen haben“, stieß er hervor und sah in den angrenzenden kleinen Park, der heute erstaunlicherweise wie leergefegt war.

„Was willst du machen? Die Polizei rufen?“ fragte van de Loo höhnisch. Sicher, der Kratzer war unangenehm, aber es gab Wichtigeres zu tun. Zum Beispiel hätte er Strothkamp gerne gefragt, was er mit Zimmermann zu besprechen gehabt hatte.

Aber Strothkamp kochte vor Wut über den beschädigten Dienstwagen. Er fluchte vor sich hin, strich immer wieder mit den Fingern über den Kratzer, der seiner Darstellung zufolge immer tiefer zu werden schien. Während van de Loo noch versuchte, den Kollegen zu beruhigen, hörten sie hinter sich verhaltenes Gelächter. Beide Polizisten hielten inne und drehten die Köpfe in die Richtung, aus der sie das Geräusch vernommen hatten. Es kam vom Park. Sie sahen sich an, und van de Loo hielt den Kollegen sachte zurück, als dieser Anstalten machte, loszustürmen. Van de Loo ging vor, bedacht langsam, um den aufbrausenden Strothkamp etwas zu bremsen. Sie stiegen die paar breiten, alten Steinstufen zum Park hinunter, rechts plätscherte Wasser in ein gemauertes Becken, die Bänke waren leer, die Abfallbehälter gerappelt voll. In der Mitte der Rasenfläche stand ein Ungetüm von Skulptur. Zwei einfache Formen aus Beton. Da niemand in der Nähe war außer ein paar Müttern, die ihre Kinderwagen zur benachbarten Familienbildungsstätte schoben, wollte van de Loo schon umkehren und die hoffnungslose Suche nach dem Vandalen aufgeben, aber als er sich abwandte, um Strothkamp irgendwie zu einer anderen Lösung zu bewegen, hörten sie erneutes Gekicher aus Richtung der Skulptur. Strothkamp schob den Kollegen beiseite und schritt auf die Mitte des Rasens zu, ohne dabei auf die zahlreichen Hundehaufen zu achten. Van de Loo nahm den Weg außen herum und beeilte sich, seinem zornigen Kollegen zu folgen, um eventuellen Übergriffen vorbeugen zu können.

„Komm raus, du Sau“, rief Strothkamp.

Nichts rührte sich, bis der Polizist nur noch wenige Schritte von der Betonskulptur entfernt war. Ein junger Mann kam hervor, fast noch ein Kind, und versuchte davonzulaufen. Er lachte immer noch und war offensichtlich so stark alkoholisiert, dass er nur schwer die Richtung halten konnte, die er eingeschlagen hatte.

Strothkamp nahm die Verfolgung auf, van de Loo ebenfalls, wobei er sich nicht sicher war, wen er eigentlich verfolgte: den Jungen oder den aufgebrachten Kollegen. Der Flüchtige strauchelte ab und zu, entwickelte dabei aber ein erstaunliches Tempo. Strothkamp hatte ihn beinahe erreicht. Van de Loo war sich sicher, dass von dem Jungen weniger Gefahr für sie ausginge als von seinem Kollegen für den Jungen. Zum direkten Eingreifen war er aber zu weit entfernt von den beiden.

„Stehenbleiben, Polizei!“ rief er und noch mal, als keine Reaktion erfolgte: „Stehenbleiben, oder ich schieße!“

Sofort ging der Junge in die Knie und verschränkte die Arme hinter dem Kopf, wie er es vielleicht in einem amerikanischen Actionfilm gesehen hatte. Auch Strothkamp war irritiert vom Ruf seines Kollegen und schien zu Verstand zu kommen. Van de Loo schritt nun zu den beiden hinüber, der Junge wimmerte vor Angst, und erst als er sah, dass van de Loo überhaupt keine Waffe gezogen hatte, war ihm klar, dass er hereingelegt worden war. Das schien ihn wütend zu machen. Er stand auf und versuchte sich zu wehren, aber Strothkamp hatte ihn kräftig am Arm gepackt.

„So, jetzt mal raus mit der Sprache", forderte er den Jungen auf. „Was soll das? Fremde Autos verschrammeln? Hat deine Mutti dir das so beigebracht, hä?!"

„Ich sag gar nix, du Penner", schrie der Junge.

„Moment, Moment", schaltete van de Loo sich ein. „Du solltest ein bisschen aufpassen, was du sagst." Er zog seinen Dienstausweis aus der Tasche und zeigte ihn dem Jungen.

„Wir sind nämlich die Polizei", setzte Strothkamp unnötigerweise hinzu.

Der junge Mann wurde umgänglicher, ließ seine Personalien aufnehmen und gab zu, den Wagen der Kommissare zerkratzt zu haben. Er fluchte nur noch verhalten, als Strothkamp ihm mitteilte, er könne mit einer Anzeige wegen Sachbeschädigung rechnen, und seine Gesichtszüge schienen einen aufkommenden Tränenausbruch anzukündigen. Van de Loo war sich sicher, hier keinen einschlägig vorbelasteten Vandalen vor sich zu haben. Rein optisch würde der Junge eher als Computer-Nerd durchgehen, kam wahrscheinlich aus gutem Haus. Van de Loo hätte sich nicht gewundert, wenn sie einen der verwahrlosten Burschen aufgegriffen hätten, die hier gewöhnlich herumlungerten und Bier tranken. Er fragte sich, was diesen Jungen getrieben hatte, aber dieser wollte keine Angaben zu Gründen machen.

Wohl oder übel, dachte van de Loo, müsse man die Kollegen rufen. Wäre es sein Privat-Pkw gewesen, hätte er vermutlich Gnade vor Recht ergehen lassen, aber da es sich um einen Dienstwagen handelte, ging es nicht anders. Er zog sein selten benutztes Handy und rief die Kollegen der Steinfurter Wache, damit sie den Fall aufnahmen. Nicht ohne Häme, dass den Kommissaren aus Münster hier in der Provinz übel mitgespielt worden war, registrierten die Steinfurter Wachtmeister den Schaden und konnten sich nicht verkneifen, Strothkamp auf sein verkehrswidriges Parken hinzuweisen. Dieser ging schon wieder fast an die Decke vor Wut, aber van de Loo gelang es, ihn zu bremsen. Schließlich konnten sie heimfahren – Strothkamp in übler Laune, van de Loo nachdenklich. Definitiv würde Dr. Waldbröker den beschädigten Dienstwagen nicht besonders gerne sehen und ihnen einen Vortrag über die Kosten halten.

## 5

## Van de Loo macht sich ein Bild

Der Abend war dunkel. Es regnete, mal wieder.

Van de Loo saß am Tisch und las die Zeitung. Mittlerweile, nach bald drei Jahren, sagten ihm die Meldungen aus dem Rheinland wenig. Er hatte nach seiner Scheidung fast alle Brücken dorthin abgebrochen und die Versetzung nach Münster, die als Belobigung gedacht war, für ihn aber trotzdem fast Strafe gewesen war, inzwischen akzeptiert. Er würde eventuell demnächst eine andere Zeitung kaufen, aber für die Münstersche oder die WN reichte sein Heimatgefühl dann wohl doch noch nicht. Vielleicht eine überregionale, mal sehen. Antenne Münster dudelte „Downtown Train" von Rod Stewart. Vielleicht würde er bald mal im Internet nachsehen oder diese Hotline des WDR anrufen müssen, um dessen Sendefrequenzen in Westfalen zu erfragen. Er hatte dieses Lied in der Version von Tom Waits immer besser gefunden, aber damit brauchte er hier niemandem zu kommen. Als er in den ersten Wochen seines Dienstes in Münster ein einziges Mal eine seiner CDs mit ins Auto genommen hatte, war Strothkamps Kommentar gewesen: „Der klingt wie Schulze-Föcking!" Van de Loo hatte den Kollegen irritiert angesehen, der daraufhin seelenruhig bekräftigte: „Genau wie der Erwin, wenn er auf dem Polizeifest zu viel gesoffen hat, nachts um eins."

Das Telefon läutete. Selten kam es vor, dass van de Loo zu Hause an den Apparat musste und wenn, dann meldete er sich immer beinahe mit „Polizei Münster, Kommissar van de Loo", bevor er sich anders besann. Er war eben wenig zu Hause und hatte recht wenig Bekannte, die ihn privat sprechen mussten. Sonja, seine Ex-Frau, rief ab und zu an, aber das konnte er an einer Hand abzählen, und er war auch nicht unbedingt traurig darüber. Meist ging es um irgendeine praktische Notwendigkeit, schließlich hatte man fünf Jahre Haus und Namen geteilt. Sie lebte wieder in Moers, das Großstadtleben hatte ihr nie gefallen.

Um diese frühe Uhrzeit bekam er praktisch nie Anrufe, weshalb er ziemlich sicher Werbung oder seinen Bankberater am anderen Ende der Leitung erwartete.

Er nahm das Mobilteil und hob ab. „Van de Loo?"

„Guten Morgen, Münster", plärrte eine muntere Männerstimme. „Kann ich bitte Professor Boerne sprechen, hahaha!"

Arschloch, dachte van de Loo. Wie oft hatte er diesen blöden Scherz über den beliebten Fernseh-Pathologen aus dem Münsteraner Tatort schon am Telefon gehört? Aber die Stimme kannte er. Es war Charlie.

„Grüß dich, Wilsberg!"

Karl „Charlie" Janssen war einer seiner ehemaligen Kollegen aus Köln, der sich mittlerweile als Privatdetektiv betätigte. Diese blöden Scherze machten sie fast jedes Mal, wenn sie sich sprachen.

„Gisbert, wie geht's, wie steht's? Hab deine Mail bekommen."

„Ah gut", sagte van de Loo. „Und, hast du was?"

„Nee, nicht wirklich. Scheint so, als wolle das keiner haben."

Van de Loo hatte Charlie kürzlich darum gebeten, seine Fühler auszustrecken, ob nicht irgendwo in dunklen Kanälen das gestohlene Bild aus Steinfurt angeboten wurde. Janssen hatte eine Menge nicht ganz sauberer, aber ergiebiger Quellen.

„Gar nichts?" hakte der Kommissar nach.

„Na ja, es wird so ein bisschen über den Fall gemunkelt, aber die meisten distanzieren sich davon. Sie meinen, das seien keine Profis gewesen. Irgendwelche Amateure."

„Warum? Das Vorgehen war durchaus geschickt. Keine Einbruchsspuren, und bisher haben wir praktisch nichts."

„Ja, aber die Frage ist: Warum gerade dieses Bild? Es gibt im Museum andere, die mindestens so wertvoll sind oder wertvoller. Da sind auch viel größere Namen unter den ausgestellten Künstlern. Wenn du mich fragst, hat der Dieb oder der Auftraggeber ein privates Motiv, eine persönliche Bindung an das Bild."

„Aha."

„Kannst ja mal Bescheid sagen, wenn es etwas Neues gibt. Ich hör mich auf jeden Fall weiter um", meinte Charlie Janssen.

„Mach ich, ich dank dir jedenfalls. Was macht denn die Kunst?"

„Oh, et muss, wa!?" erwiderte der Detektiv.

## 6
## Ein Drache mit Doktortitel

Van de Loo war in Eile. Er hatte verschlafen, da seine sonst so verlässlichen Nachbarn offenbar im Urlaub waren und ihn nicht durch frühes Türschlagen geweckt hatten. Der Kommissar hastete zum Bus, und als er das Büro betrat, war sein Kollege Strothkamp schon da.

„Morgen", sagte er.

„Morgen", sagte auch van de Loo, setzte sich an seinen Schreibtisch und begann, auf einem Schreibblock herumzukritzeln.

„Was macht du denn da?" fragte der Kollege.

Van de Loo reagierte nicht sofort, sah dann aber von seinem Blatt auf.

„Was? Ach, ich fass nur mal kurz zusammen, was wir bisher eigentlich wissen."

„Nich grad viel, was?" sagte Strothkamp.

„Na ja", meinte van de Loo.

Er stand auf, nahm seinen Zettel und ging, ohne davon aufzusehen, hinüber zur Kaffeemaschine in der Ecke. Eine knappe kleine Tasse hatte der Kollege ihm in der Kanne gelassen, wie immer, aber van de Loo sagte nichts dazu.

„Also, das Bild ist irgendwann zwischen Freitagabend 23 Uhr und Montagmorgen 8.30 Uhr verschwunden. Einbruchsspuren gibt es nicht, jedoch scheint die Hintertür zum Garten nicht geschlossen gewesen zu sein. Die Alarmanlage konnte folglich nicht losgehen. Branjic hat unser Verhör mit Zimmermann belauscht und ist geflüchtet. Er war am Freitag im Museum, dafür gibt es Zeugen. Aber weder Zimmermann noch Frau Brock kennen ihn. Dieser van Boersma ist auch laut den Aussagen nie dagewesen, aber Frau Brocks Reise ausgerechnet nach Amsterdam kommt mir schon komisch vor. Olgas Recherchen über den Herren und seine Firma haben nichts Belastendes gebracht, aber das soll nichts heißen. Dann ist da noch der Zimmermann."

„Nee, der ist in Ordnung", meinte Strothkamp.

„Aber er ist der Einzige, der die elektrischen Anlagen genau kennt und jederzeit Zugang zu den Räumlichkeiten hat. Eigentlich müsste er unser Hauptverdächtiger sein. Wo war er denn am Wochenende?"

Strothkamp blätterte in einem Stapel Papier auf seinem Schreibtisch. Er zog ein Blatt hervor: „Er hat angegeben, am Freitag sei er nach der Veranstaltung nach Hause gegangen und von Samstagmorgen bis Sonntagnachmittag sei er bei seiner Schwester in Hamm gewesen."

„Hast du das geprüft?"

„Ja, die Schwester bewohnt das Elternhaus. Sie sagt, er sei nach dem Frühstück gekommen, habe in seinem alten Kinderzimmer übernachtet und sei dann Sonntag nach dem Abendessen heimgefahren."

„Bleiben natürlich einige Stunden vorher und nachher, für die er kein Alibi hat. Auch der Freitagabend ist damit nicht abgedeckt", gab van de Loo zu bedenken.

„Ach, hör auf, der war das nicht! Hast doch selbst gemerkt, das ist nicht der Hellste. Kunstraub, da kommt der doch gar nicht drauf, van de Loo!"

„Andererseits kann er das Geld wahrscheinlich gut gebrauchen. Professor Karmann hat angegeben, er sei im Zuge einer Arbeitsbeschaffungsmaßnahme vermittelt worden, war lange arbeitslos."

„Ja, trotzdem", grummelte Strothkamp. „Der war das nicht."

„Na gut. Bleibt die Brock", schloss van de Loo das Thema Zimmermann ab.

„Die kann ich mir gut vorstellen als Diebin", meinte Strothkamp. „Die ist schlau. Und durchtrieben!"

„Und wo ist das Motiv? Geld fällt ja wohl aus. Wir haben ihre Verhältnisse geprüft. Wenn jemand kein Geld nötig hat, dann die."

„Das kommt immer auf die Summe an“, sagte Strothkamp weise.

„Nee, Franz, ich weiß nicht. Im Moment kommt es mir so vor, als hätten wir was übersehen. Ich hab heute Morgen mit einem alten Freund gesprochen, der so seine Kontakte hat. Der meint, es sei komisch, dass ausgerechnet dieses Bild und nur dieses Bild gestohlen worden sei.“

„Ich wollte das sowieso nicht haben“, meinte Strothkamp und setzte hinzu: „Wenn ich das geschenkt bekäme und mit nach Hause brächte, würde die Waltraud das nicht mal ins Gästeklo hängen wollen. Unsere Anni, die hat auch immer gerne gemalt, und was die da so gemacht hat, das nenn ich mal Kunst!“

„Mann, Strothkamp! Hör mal auf zu quatschen. Das ist klassische Moderne, bald hundert Jahre her und weltweit anerkannt“, fuhr van de Loo aus der Haut. Strothkamps spießige Ansichten konnten ihn manchmal zur Weißglut treiben. „Das hilft uns nicht weiter“, fuhr er ruhiger fort. „Wir brauchen die Maier-Stadlmann.“

„Bist du bescheuert?“ rief Strothkamp aus und erhob sich halb von seinem Stuhl vor Schreck. „Lass bloß den Drachen aus dem Spiel!“

„Hilft nichts“, meinte van de Loo bedauernd. „Wir müssen mehr über das Bild erfahren. Ich glaube, der Dieb muss ein privates Motiv gehabt haben. Irgendeine Beziehung zu dem Gemälde. Dafür brauchen wir mehr Details, und ich bin mit meinem Latein, was Kunst betrifft, am Ende. Ich gehe jetzt zu Waldbröker und bitte darum, dass er sie mit in den Fall holt. Nur aus der Ferne, als Informationsquelle.“

„Van de Loo, wenn die hier auftaucht, dann hol ich mir nen gelben Schein. Ich sag es dir, mein Arzt schreibt mich sofort mit Rücken krank.“

„Beruhig dich, ich versuche, sie draußen zu halten.“

Dr. Waldbröker war natürlich äußerst erfreut über van de Loos Anliegen. Er ließ sich lang und breit über die Vorzüge der Zusammenarbeit mit höheren Stellen aus und versprach, noch an diesem Vormittag mit Düsseldorf zu telefonieren.

Beim Mittagessen in der Kantine erfuhr van de Loo von den schwierigen Renovierungsarbeiten Strothkamps. Er versuchte sich ausschließlich auf sein Schnitzel zu konzentrieren, aber der Anblick der Perfektion, mit welcher Strothkamp es fertig brachte, gleichzeitig Eintopf in sich hineinzulöffeln und in einer Tour zu sprechen, lenkte ihn doch beträchtlich davon ab.

Das Zimmer sei bald fertig, erfuhr er. Würde auch Zeit, weil seine Tochter doch kurz vor der Entbindung stünde. „Mann, die hat vielleicht nen Bauch“, meinte er mampfend. „Als wär da einer mit der Luftpumpe dran gewesen.“ Er deutete mit beiden Händen einen immensen Kreis vor dem eigenen Bauch an und bekleckerte dabei sein Hemd mit Eintopf, ohne es wahrzunehmen.

Als sie fertig waren, gingen sie zurück ins Büro. Strothkamp besah die neuen Hausmeldungen, die runde Geburtstage und ein, zwei Dienstjubiläen von Kollegen bekanntgaben, die van de Loo gar nicht oder nur flüchtig kannte.

Strothkamp jedoch war euphorisch wie nur selten. „Der Manni, sollste nicht denken, dass der schon zwanzig

Jahre hier rumsitzt. Mit dem war ich auf der Schule. Und Werner wird auch schon sechzig. Mann, der kann noch wat ab, sag ich dir. Neulich, da hab ich mit dem gefeiert, als die Preußen aufgestiegen sind. Ich sag dir, den kriegste nicht unter den Tisch."

Van de Loo war ganz froh, als sein Telefon läutete und Strothkamps Ausführungen unterbrach. Er legte seine Aufzeichnungen beiseite, auf die er sich hatte konzentrieren wollen, und hob ab.

„Polizei Münster, Gisbert van de Loo?" meldete er sich.

„Halli hallo", flötete eine Damenstimme. „Ist der Kollege Thiel zu sprechen?"

Van de Loo kannte auch diesen Scherz inzwischen zur Genüge. Er hatte ihn so oft gehört, dass er nicht einmal mehr Lust zu einer pointierten Replik hatte.

„Wer spricht da bitte?" sagte er in genervtem Tonfall.

„Kleiner Scherz, Herr van de Loo. Hier ist Ilona Maier-Stadlmann vom Ministerium", sagte die zuckersüße Stimme am anderen Ende.

Van de Loo riss es hin und her. Keine Stimme hätte er weniger gern gehört, aber er war auf die Dame angewiesen, wenn er mehr über das gestohlene Bild und dessen Maler erfahren wollte. Außerdem war Frau Maier-Stadlmann eine enge Vertraute des Chefs, und dem lag viel an deren Mitarbeit. Jedes Zeichen von Patzigkeit oder fehlender Motivation würde unmittelbar an Herrn Dr. Waldbröker weitergetragen werden und konnte unangenehme Folgen haben, also riss er sich zusammen.

„Frau Doktor, wie schön", rang er sich ab.

„Das finde ich auch, van de Loo. Ich freue mich ja immer, wenn ich behilflich sein kann. Herr Dr. Waldbröker hat mir kürzlich recht dringlich zu verstehen gegeben, dass es professioneller Unterstützung bedarf. Es geht um die *Blaue Komposition*, nicht wahr?! Ich habe natürlich schon einmal recherchiert." Der Kommissar hörte sie mit Papieren rascheln. „Nun, van de Loo, aber das wissen Sie vermutlich alles schon: Das Bild ist von 1930, in Öl auf Leinwand gemalt und eigentlich verhältnismäßig klein, lediglich fünfzig mal sechzig Zentimeter, auf den Abbildungen wirkt es oft größer."

Frau Maier-Stadlmanns Übereifer war van de Loo ja bekannt, aber dass sie einen derart überfahren konnte, hatte er noch nicht am eigenen Leib erfahren. Dass er mit halboffenem Mund ihre Ausführungen für sie unsichtbar benickte, erhöhte seine Chancen, zu Wort zu kommen, nicht. Er lauschte dem munter plätschernden Informationsstrom der Ministeriumsbeamtin.

„An und für sich ist die Bedeutung des Bildes nicht besonders groß, es gilt im Allgemeinen nicht unbedingt als Hauptwerk Maybachs, eigentlich ist es fast mehr eine Studie und deshalb auch nicht übermäßig teuer."

Der Polizist stand da, mit dem Hörer am Ohr, und nahm nur am Rande wahr, dass Strothkamp von der Toilette kam und das Zimmer betrat. Seinen fragenden Blick konnte van de Loo nicht beantworten, denn er bemühte sich, dem Redefluss Frau Dr. Maier-Stadlmanns zu folgen. Strothkamp kam näher und erkannte offenbar schon aus einiger Entfernung die resolut plappernde Stimme am anderen Ende der Leitung, denn er verzog das Gesicht und hielt nun doch so viel Abstand wie möglich zum Telefon, wobei er trotzdem mitzuhören versuchte.

„Es wird aber immer wieder auf seine verwirrende Wirkung hingewiesen, die wohl aus der Mischung der strengen Komposition mit dem lyrischen Eindruck resultiert. Man spricht im Allgemeinen von einer gelungenen Symbiose aus konstruktivistischer Reduktion im Sinne der niederländischen De-Stijl-Schule und der metaphorischen Deutbarkeit des Motivs als Sinnbild der Lebensstufen und deren Wandel."

Bei diesen Worten klappte nun auch Strothkamp der Unterkiefer herunter, und er schaute wie ein Schaf, dem man einen opulenten Tisch mit einem Drei-Sterne-Dinner auf der Wiese aufgebaut hat.

„Das Gemälde war nach dem Krieg lange Jahre im Besitz der Familie, bevor es in den Siebzigern von der letzten noch lebenden Verwandten des Künstlers, einer Tante, veräußert wurde. Es ging in den privaten Besitz eines Sammlers in Wuppertal über, der es vor ungefähr einem Jahr der Bauhaus-Stiftung in Steinfurt völlig legal und vorschriftsgemäß überlassen hat."

Sie machte eine Pause, die wahrscheinlich einzig und allein dazu diente, um sich zu überzeugen, dass der Zuhörer noch da war, und die Wirkung ihrer Worte zu überprüfen.

Van de Loo schluckte und versuchte sich für einen angemessenen Kommentar zu sammeln. „Gut", sagte er etwas kläglich und fuhr schnell fort: „Das war sehr interessant und hilfreich, Frau Doktor. Können Sie denn eine persönliche Einschätzung geben, welche Kreise sich eventuell für das Bild interessieren könnten?"

Frau Dr. Maier-Stadlmann, stets erfreut über Nachfragen, die ihr eine Antwort möglich machten, überlegte kurz und sagte dann: „Ja, van de Loo, da liegt in gewissem Sinne das Problem. Wenn ich mir den Bestand des Museums so ansehe, muss ich sagen, dass der Maybach eigentlich nicht das erste Bild wäre, das ich stehlen würde. Sonst wurde nichts angerührt?“

„Nein.“

„Erstaunlich“, meinte Frau Maier-Stadlmann. „Es gibt da einige Bleistiftzeichnungen Marianne Möllers und Bauhaus-Keramik von Stretzky, die jedem Kenner viel verlockender vorkommen müssten. Selbst der historische Bestand ist in diesem Fall gewinnträchtiger als der Maybach.“

„Der historische Bestand?“

„Ja, ich habe wie gesagt recherchiert. Bisher ist es mir ja leider noch nicht möglich gewesen, das Museum persönlich zu besuchen, was dank Herrn Dr. Waldbrökers Einladung für nächste Woche dann endlich nachgeholt werden wird, also: Unter den Bildern und Büchern im Raum der Stiftsbibliothek finden sich durchaus einige Stücke, die für Sammler von Interesse sein könnten. Die alten Schinken sind zwar nicht unbedingt mein Spezialgebiet, ich bin eine Frau der Moderne, aber regional dürfte es da durchaus Sammler geben. Fragen Sie mich also nicht, warum ausgerechnet der Maybach! Am ehesten würde ich sagen: Amateur, aber der hätte wahrscheinlich alles mitgenommen, was er hätte erreichen und tragen können. Das gezielte Interesse an genau diesem Bild lässt meiner Meinung nach auf eine Auftragstat schließen.

Ach, beinahe hätte ich etwas vergessen! Das Bild ist signiert und datiert, allerdings hat Maybach nicht wie gewohnt nur mit M.M. gezeichnet, sondern in diesem Fall ausdrücklich mit MAX Maybach. Überdies gibt es eine kleine Inschrift unten rechts. Die Experten sehen darin eine Widmung, wissen aber auch nicht, an wen. Es handelt sich da um ein stilisiertes L, wenn man der einhelligen Meinung folgt. Wenn ich ehrlich bin, kann das aber in meinen Augen auch durchaus ein C sein. Man hat nur weder in der Familie noch im Bekanntenkreis Maybachs jemanden gefunden, dessen Name mit diesen Buchstaben beginnt. Ich sagte schon: rätselhaft. Vielleicht hilft Ihnen das ja weiter, wenn ich da auch nicht allzu optimistisch bin."

Van de Loo dankte für den ausführlichen Bericht und verabschiedete sich. Ihm war leicht schwindelig vor lauter Informationen. Er schaute Strothkamp an, der längst wieder an seinem Schreibtisch saß und gemächlich einen Apfel schälte.

„Wenn du mich fragst", sagte der Kollege, „war das eine perfekte Symbiose von heißer Luft mit geistigem Dünnpfiff!"

„Nee, lass mal, Franz", sagte van de Loo und ließ sich in seinen Stuhl sinken. Er nahm die Aufzeichnungen wieder auf und verstummte.

## 7
## Münster liegt nicht am Meer

Am Abend saß van de Loo in der Großen Freiheit am Hafen. Hin und wieder genoss er es, hier spazieren zu gehen, wenn der Job es zuließ. Was ihm in Westfalen am meisten fehlte, war das Wasser. Der Kanal war zwar nicht der Rhein, aber immerhin. Andererseits störte ihn die Glas- und Stahlarchitektur, die man dem ehemaligen Problemviertel der Stadt verpasst hatte, ein wenig. Er fühlte sich jetzt doch ein wenig zu alt für dieses trendige Viertel, vor dessen Lokalen hier und da Sandstrände aufgeschüttet und Palmen installiert worden waren. Im Sommer war es hier berstend voll mit Vergnügungsjunkies, die zwischen Großkino, Bar und Ausstellungshalle pendelten.

Das Große Freiheit mochte er. Gerade, weil es in einem der ältesten Gebäude im Hafenkomplex untergebracht war. An und für sich hätte er es albern gefunden, in Westfalen auf hanseatisch und Große-Weite-Welt zu machen, aber die Ausstatter waren vorsichtig und sparsam mit Maritimem umgegangen. Im Großen und Ganzen hatte das Lokal eher den Charme einer gehobenen Hafenkneipe. Niedrige Decken, die es aber auch schon einmal stickig werden ließen, und tiefhängende Metalllampen, die schummeriges Licht verbreiteten, gemütlich eben. Er war mit Marita verabredet. Marita war in seinem Alter und stammte aus Hessen, war aber dem ganzen Münster-Rummel total verfallen. Vielleicht versuchte sie sich auch nur möglichst schnell zu assimilieren. Sie schwor auf diese Stadt, und nichts hätte sie zurück nach Wiesbaden gebracht. Der Send war für Marita Pflicht,

Gemüse kaufte sie nur auf dem Markt, im Sommer lag sie gern am Kanal in der Sonne.

Van de Loo war ihr vor einem guten Jahr begegnet, und seitdem hatten sie sich mehr oder weniger häufig gesehen. Marita konnte van de Loos Junggesellenbude nicht ausstehen, deshalb hatten sie sich überwiegend bei ihr getroffen, und van de Loo war es recht so, schließlich fühlte er sich zu Hause selbst nicht wohl. Er genoss es immer, mit Marita in ihrer ordentlichen, geschmackvollen Wohnung zu sein. Nicht einsam zu sein tat ihm gut, auch und gerade in manchen Nächten. Aber er wusste von Anfang an, dass Marita keine Frau für eine längere Beziehung war. Sie war zu anspruchsvoll, was seine Aufmerksamkeit anging. Es fiel ihr schwer, seine Arbeitszeiten und Grübelphasen zu akzeptieren, letztendlich die gleichen Dinge, die seine Ehe hatten kaputtgehen lassen. Alleine verstanden sie sich ganz gut. Wenn sie gemeinsam ausgegangen waren, war es aber meist in Katastrophen geendet.

Beim letzten Mal, sie waren bei Pinkus Müller ein Bier trinken gegangen, war es rappelvoll gewesen, zu voll für van de Loo. Man sagte den Rheinländern zwar Geselligkeit nach, aber darin war van de Loo eher untypisch. Marita hatte ganz toll gefunden, sich zwischen wildfremde, das einzige Altbier Münsters schlürfende Menschen an einen rustikalen Tisch zu quetschen. Van de Loo hasste es, wenn er so beengt saß, dass er sein Glas kaum heben konnte, wenn er keinem Gespräch folgen konnte und Leute, die er noch nie gesehen hatte, so taten, als seien sie seine besten Freunde, nur weil man zusammen an einem Tisch saß und Bier trank. In gewisser Weise kam ihm der Westfale da sehr entgegen, aber bei Pinkus Müller schien es mehr Zugezogene und Touristen zu geben als Westfalen. Marita war schnell in mehrere parallel laufende Gespräche mit ihren Sitznachbarn vertieft und nahm van de Loo fast gar nicht mehr wahr. Er hatte mehrere Anläufe gemacht, sie wieder auf sich aufmerksam zu machen, aber als sie wiederholt keine Notiz von seinen Bemühungen genommen hatte, war er schließlich aufgestanden, zur Theke gegangen, um sein Bier zu zahlen, und hatte das Lokal verlassen, ohne dass Marita es bemerkt hatte. Als er schon fast zu Hause gewesen war, hatte sie ihn auf dem Handy angerufen und ihm Vorwürfe über sein blödes Verhalten gemacht.

So oder so ähnlich war es des Öfteren gelaufen.

Am Vormittag war van de Loo allein in der neu errichteten Diözesanbibliothek am Überwasserkirchplatz gewesen. Eigentlich hatte er den Bau, der noch recht neu war, als einfallslos empfunden, aber vielleicht war es seiner Beschäftigung mit dem Bauhaus geschuldet, dass er die streng geometrischen Formen des Gebäudekomplexes plötzlich reizvoll fand. Er bestand aus drei einzelnen Gebäuden, zwei Kuben für Verwaltungsaufgaben und eine Begegnungsstätte sowie dem eigentlichen Bibliotheksgebäude in Form eines Riegels von sicher siebzig Metern Länge. Alle Gebäude, so war es van de Loo jetzt erst aufgefallen, die drei neuen, das Kirchenschiff der Überwasserkirche und das Priesterseminar lagen rechtwinklig zueinander. Die Bibliothek und auch die neuen Verwaltungsbauten waren mit Sandsteinplatten verkleidet und zeichneten sich durch ein strenges, gleichförmiges

Erscheinungsbild aus. Van de Loo hatte damals gelesen, dass es über tausend Fenster waren und konnte es fast nicht glauben. Als er es genau betrachtete, konnte es jedoch durchaus hinkommen. Er war eingetreten, und die strenge Wirkung der Räumlichkeiten hatte ihn sich beklommen fühlen lassen. Die Orientierung war ihm schwergefallen, obwohl er wusste, wonach er suchte. Er hatte festgestellt, dass die Bibliothek hier im Erdgeschoss zu finden war, hatte sich aber inmitten der Unmengen von Büchern und Zeitschriften nicht zugetraut, das Gesuchte selbst zu finden.

Als normaler Besucher hätte er sich der Brummigkeit des Angestellten an der Information hilflos ausgeliefert gefühlt, jetzt aber war sein Dienstausweis ein geeignetes Mittel, sich Hilfe zu verschaffen. Nachdem der ernste, bärtige Herr das Anliegen van de Loos als ein offizielles akzeptiert hatte, war er bereit gewesen, ihm die entsprechenden Unterlagen herauszusuchen. Van de Loo war dem Angestellten gefolgt, während der für einen so kompakten Mann behände durch die Regalreihen gehuscht war und hier und dort etwas herauszogen hatte. Mit einem Stapel Bücher im Arm war van de Loo die Stufen zum Lesesaal im Obergeschoss hinaufgestiegen, dessen schiere Größe ihn fast überwältigte. Er hatte sich gesetzt und in den Büchern geblättert, bis er gefunden hatte, wonach er suchte. Frau Dr. Maier-Stadlmanns Bemerkung, im Raum der Stiftsbibliothek seien für regional Interessierte weitaus größere Schätze beherbergt, hatte ihn neugierig gemacht. Er wollte Näheres über die Stiftsbibliothek und deren Bestände erfahren, die schließlich bis vor kurzem Teil der bischöflichen Sammlung gewesen war.

Jetzt saß van de Loo in der Großen Freiheit und wartete. Um ihn herum wurde munter gemurmelt und gelacht, Geschirr klapperte, und er schien der Einzige zu sein, der allein saß. Fast glaubte er, die skeptischen Blicke der Kellner im Rücken zu spüren. Vermutlich befürchteten sie, er würde sich jetzt den ganzen Abend lang an seiner Cola festhalten und den Tisch blockieren. Zu seiner Erleichterung tauchte Marita doch noch auf. Wie immer war sie satte zwanzig Minuten zu spät. Sie hatte sich das angewöhnt, in der Annahme, es verleihe ihr eine Aura von südländischem Laisser-faire. Van de Loo nervte es einfach nur. Auch, dass sie generell etwas aufgelöst erschien, als habe sie sich mit großer Mühe aus unwahrscheinlich komplizierten Kalamitäten gelöst, um hier zu sein, hatte er einmal interessant gefunden. Seit er jedoch herausgefunden hatte, dass es nur eine aufgesetzte Geschäftigkeit war, fand er es albern.

„Hallo Gisbert", flötete Marita schon von weitem, während sie betont umständlich ihr Mobiltelefon ausschaltete und in der Handtasche verschwinden ließ. Marita war eine gutaussehende Frau, einige Männer sahen ihr hinterher, wie van de Loo mal wieder feststellte. Sie war nicht größer als er, hielt sich aber besser. Van de Loo wusste, es kostete sie viel Disziplin, schlank zu bleiben, aber es gelang ihr, ohne dabei ihre angenehmen Rundungen zu verlieren. Sie kleidete sich gut und teuer, für van de Loos Geschmack jedoch oft etwas zu bunt. Seit einiger Zeit hatte sie sich einen flotten Kurzhaarschnitt mit einer langen, rot gefärbten Strähne zugelegt. Es stand ihr gut.

Endlich hatte sie van de Loos Tisch erreicht und begrüßte ihn mit Küsschen links und rechts. Van de Loo hatte sich erhoben und setzte sich nun wieder. Marita hatte bereits munter zu plappern begonnen, als der Kellner kam. Während van de Loo noch ausgiebig in der Karte las, konnte Marita sofort und ohne ihren Redefluss dafür zu unterbrechen bestellen. „Ich nehme das Charolais-Stück und ein kleines Wasser." Der Kellner nickte und sah zu van de Loo, der sich eigentlich noch nicht entschlossen hatte, aber um nicht dumm zu wirken schnell sagte: „Ich dasselbe, bitte."

„Du glaubst nicht, was heute wieder los war", sagte Marita. „Ich hatte den ganzen Schreibtisch voller Arbeit und mittags dann noch diese Sitzung – ich bin nicht mal zu einem Kaffee rausgekommen. Danach rief Inga an und brauchte dringend jemanden, der ihr mit ihrem Rechner half. Sie ist da nicht so firm, das weißt du ja. Auf dem Rückweg, dachte ich, könnte ich ein paar Erledigungen machen, und da hab ich unterwegs diese Schuhe gesehen und gedacht, die würden ganz prima zu meinem Kleid passen, du weißt doch, das türkise mit dem Gürtel, also bin ich in den Laden, und rate mal, wen ich da getroffen hab! Moni war da, und die hab ich ja sicher schon vier Wochen nicht gesehen. Die Schuhe haben mir dann irgendwie nicht gestanden, aber für Moni waren sie perfekt. Natürlich mussten wir kurz was trinken, sie hatte mir doch noch gar nicht erzählt, wie das so läuft mit ihrem Neuen. Die sind ja auch erst kurz zusammen, und er ist Künstler oder so etwas. Du, er will sie nächste Woche mit einer Reise nach Barcelona überraschen. Sie hat durch Zufall die Tickets gefunden und wartet jetzt drauf, dass er endlich damit rausrückt. Na ja, meine Erledigungen konnte ich dann vergessen, und zu Hause wartete noch die Wäsche, aber die hab ich jetzt verschoben. Bin nur schnell unter die Dusche und dann war ich schon unterwegs, aber der Bus war zu spät. Na ja, jetzt hab ich vielleicht einen Hunger! Und bei dir?“

Van de Loo war einigermaßen überrumpelt und hatte Schwierigkeiten gehabt, Maritas enormem Tempo zu folgen. Jetzt, da sie eine Pause einlegte, war plötzlich er dran, und er hatte das Gefühl, dass seine Ermittlungen in Steinfurt (immerhin handelte es sich um Raub) irgendwie nicht mit ihren Erlebnissen mithalten konnten. Es irritierte ihn außerdem, dass Marita mit reinem Zuhören offenbar nie ausgelastet war und nun in ihrer Tasche kramte, um ein Spiegelchen und eine Puderdose herauszufischen. Er begann stockend: „Nun, viel zu tun halt.“ Fast kam er sich vor wie Strothkamp, einfach zu langsam, um seinen Worten einen vergleichbaren Schwung zu verpassen. Für Marita war seine Auskunft offenbar noch keine voll gültige Information. Sie sah kurz auf, als habe er noch gar nichts gesagt. Van de Loo überlegte. Näheres zu seiner Arbeit hatte Marita eigentlich noch nie hören wollen. An und für sich war ihm das angenehm, denn meist durfte er ohnehin nicht viel erzählen. Bei Marita aber störte es ihn, da es sie schlichtweg nicht interessierte, was er zu erzählen gehabt hätte. Er machte einen Versuch, ihr eine launige Anekdote über Frau Stanic’ heimliche Lektüre zum Besten zu geben, die aber nicht richtig zünden wollte. Er war froh, als das Essen kam, und er betrachtete den schön dekorierten Teller. Ein Stück Fleisch, gepaart mit Krebsschwänzen und einer dunklen Sauce. Marita hatte einen guten Geschmack, das musste er sagen. Sie stießen an, und Marita begann, konzentriert zu essen und dabei weiter zu sprechen. Van de Loo zwang sich hier und da zu interessiertem Nicken oder einem kurzen Kommentar. Ansonsten aß er schweigend. Das Filet war gut, auch die Sauce schmeckte ihm. Er bestellte noch ein Wasser für Marita und eine Cola für sich. Als Maritas erster Appetit gestillt war, wurde sie etwas ruhiger und interessierte sich nun tatsächlich für sein Befinden und sein Ergehen in den letzten Tagen. Es gelang ihm, einige Sätze zu formulieren, über den Lärm im Haus und ein paar Dinge, die er im Büro aufgeschnappt hatte. Anstehende Ereignisse in Münster und lokale Klatschthemen, für die er sich sonst nicht sonderlich interessierte.

„Hast du noch Pläne für den Sommer?“ fragte Marita.

Van de Loo hob die Schultern. „Nicht wirklich“, meinte er. „Ich werde arbeiten müssen. Unser Fall ist noch nicht gelöst.“

Marita wirkte angesäuert. „Was ist denn passiert? Ist wieder einer in den Kanal gefallen oder vom Traktor überfahren worden?“

Van de Loo mochte es nicht, wenn sie sich über seine Arbeit lustig machte, aber er sagte nichts dazu, sondern antwortete: „Nee, wir untersuchen einen Raub.“

„Einen Raub? Seid ihr degradiert worden, du und dein ... wie hieß er noch?“

„Strothkamp“, half van de Loo ihr. „Nein, man hat uns da um Hilfe gebeten. Ansonsten hatten wir nichts zu tun.“

„Und das kann der Strothkamp nicht alleine? Für so einen kleinen Diebstahl musst du doch nicht den ganzen Sommer über im Büro hocken bleiben!“

Van de Loo wollte diese Diskussion nicht weiter vertiefen. Er wusste, Marita wollte jedes Jahr mit ihm wegfahren, irgendwohin in die Sonne, aber bisher hatte er jedes Mal absagen müssen und war sich nicht sicher, ob es immer unausweichlich gewesen war, oder ob er in Wirklichkeit gar nicht wollte.

Der Kellner kam und räumte die Teller ab.

„Marita, das müssen wir doch nicht schon wieder diskutieren. Ich habe einen Fall, und da kann ich nicht weg. Akzeptiere das doch bitte!“

Marita sah pikiert aus, aber sie hakte nicht weiter nach. Nach einer Weile, die sie überwiegend schweigend verbracht hatten, sagte sie: „Gut, Gisbert, du hast also zu tun. Ich für meinen Teil will jedenfalls nicht die ganze Zeit in Münster bleiben. Ich brauche dringend Sonne. Fang du deinen Dieb, ich fahre weg. Wahrscheinlich vermisst du mich gar nicht!“

Van de Loo fiel es generell schwer zu heucheln. Führe Marita wirklich weg, mit Moni oder Inga oder wer weiß wem, würde er sie einige Wochen nicht sehen, und es kam ihm so vor, als sei es vielleicht nicht das Schlechteste. Im Moment lief es nicht rund mit ihnen. Zu viel hatte sich angesammelt, was Marita ihm im Stillen nachtrug. Nach ihrem Urlaub und seinem Fall könne man weitersehen.

„Natürlich werde ich dich vermissen“, sagte van de Loo.

Der Abend ging unterkühlt zu Ende. Er brachte sie nach Hause und machte sich selbst auf den Weg. Müde war er nicht. Wenn Ruhe im Hausflur eingekehrt war, würde er sich noch einmal hinsetzen und ein wenig arbeiten.

Van de Loo hatte sich aus dem Archiv des Museums eine bessere Reproduktion des Gemäldes Maybachs besorgt. Er prüfte sie nach den Angaben Frau Dr. Maier-Stadlmanns noch einmal mit anderen Augen. Wieder wirkte das kleine Bild auf ihn zunächst völlig geometrisch und eindeutig, bevor sich erneut der Eindruck von Bewegung einstellte. Van de Loo konnte klar die Signatur erkennen, die laut den Worten der Expertin ungewöhnlich war, und tatsächlich: Als er sein eigenes Buch dazu holte und ein anderes Maybachsches Gemälde besah, erkannte er das M.M. hier und das MAX Maybach dort. Und van de Loo fand die rätselhafte Initiale, von der er schon geglaubt hatte, es könne ein verrutschter, unbeabsichtigter Pinselstrich sein, den die Kunstwissenschaftler überinterpretierten. Es stellte sich aber heraus, dass es tatsächlich ein äußerst akkurat geschriebener Großbuchstabe war. Ein L wahrscheinlich, möglicherweise ein C, er musste Frau Dr. Maier-Stadlmann recht geben.

Er suchte nach der kurzen Biographie Maybachs, die er aus verschiedenen Quellen zusammengetragen hatte. Maybachs Ehefrau, die er erst nach dem Krieg geheiratet hatte, hieß Anna und war damit als Adressatin ausgeschlossen, es sei denn, Maybach hatte einen Kosenamen mit L oder C für sie gehabt. In diesem Fall wären sie ziemlich hilflos, dachte van de Loo. Gottlob war Frau

Brock so freundlich gewesen, ihm zusätzlich einige weitere der familiären Hintergründe aufzuschlüsseln. Die Mutter des Malers hieß Walpurga, der Vater wie der Sohn Maximilian. Die Schwester, zu der ein enges Verhältnis bestanden haben soll, hatte Elisabeth geheißen; war sie Lisbeth oder Lise gerufen worden, und war das Bild somit ihr gewidmet? Van de Loo würde Frau Dr. Maier-Stadlmann danach fragen müssen. Einen Hinweis darauf fand er nirgends, aber warum hätte er auch ein Geheimnis lüften sollen, über dem die Experten seit Jahrzehnten ratlos brüteten?!

Van de Loo blätterte weiter, ziemlich ziellos, in seinen Unterlagen. Er las über das Verhältnis Maybachs zu seinem Professoren Itten, fand eine Belobigung für besondere Leistungen im Fach Freihandzeichnen und einige frühe Skizzen Maybachs für Möbel und Gebrauchsgegenstände. Van de Loo meinte, einiges sehr ähnliches neulich bei Ikea gesehen zu haben. Offenbar war das ganze Bauhaus-Ding doch seiner Zeit weit voraus gewesen. Er wollte es für heute gut sein lassen, befüllte die Kaffeemaschine für den Morgen und ging schlafen.

Noch immer gab es keine Spur des Bildes. Es wurde nicht auf dem inoffiziellen Markt angeboten. Es hatte auch keine Lösegeldforderungen gegeben oder sonstige Spuren. Weitere Nachforschungen in Bezug auf Jeroen van Boersma hatten einige nicht ganz koschere Geschäftsmethoden erkennen lassen, aber nichts, was ihn in Verbindung mit dem Raub brachte. Natürlich hatte er ein Alibi, und seine Karte am Tatort konnte er glaubhaft als möglichen Zufall darstellen, da er Hunderte solcher Karten verteilte. Er kenne unter den niederländischen und belgischen Geschäftsleuten kaum einen, der sie nicht besaß, meinte er am Telefon, und van de Loo nahm ihm das gerne ab. Für seinen enormen Reichtum und seine Position hatte van Boersma überaus normal und bodenständig geklungen. Er sprach ein putziges Deutsch mit gelegentlichen niederländischen Einsprengseln und hatte sich insgesamt sehr kooperativ gezeigt. Ja, er interessiere sich durchaus für das Bauhaus und habe die Berichte über das Museum verfolgt, schließlich sei Steinfurt ja nicht weit entfernt. Frau Brock jedoch behauptete er nicht zu kennen, was Strothkamp nach wie vor skeptisch gegenüber dem Ausländer bleiben ließ, aber van de Loos Gefühl zufolge sagte dieser die Wahrheit.

Die allermeisten Ansätze waren ins Leere gelaufen. Dr. Waldbröker ließ sich nicht mehr täglich über die Fortschritte unterrichten, obwohl ihm die Presse nach wie vor im Genick saß, wenn auch nicht mehr mit der ganz großen Dringlichkeit der ersten Tage. Er hatte van de Loo und Strothkamp geraten, die osteuropäische Spur, die er an Branjic knüpfte, weiterzuverfolgen. Aber van de Loo war sich sicher, Branjic war zwar undurchschaubar und auch kein völlig unbefleckter Tourist, der zur falschen Zeit am falschen Ort gewesen war, aber er hatte den Maybach nicht gestohlen. Die Informationen aus Minsk waren spärlich gewesen, hatten jedoch einige kleinere Delikte Branjic' offengelegt. Allerdings schien er immer allein für sich zu handeln, Kleinigkeiten zur eigenen Bereicherung; im großen Stil, mit weitreichenden Verbindungen hatte er offenbar noch nie gearbeitet. Im Moment konnten sie ihn noch gerade so veranlassen, sich zu ihrer

Verfügung zu halten, aber bald würde er schnellstmöglich in seine Heimat verschwinden und höchstwahrscheinlich für sie verloren sein.

## 8
## Der lügende Holländer

Eigentlich hatte van de Loo hier nichts mehr wirklich zu tun, aber dennoch hatte er sich entschlossen, der Einladung Professor Karmanns zur Wiedereröffnung zu folgen.

Er sah das Museum zum ersten Mal gefüllt mit Besuchern. Er konnte nicht sagen, ob der Diebstahl und die damit verbundene Medienpräsenz ihm zu ungewöhnlich hohem Besucheraufkommen verholfen hatte oder ob es normal war, dass die Straße und alle angrenzenden Parkmöglichkeiten verstopft waren von Pkw unterschiedlichster Herkunft. Er sah sehr viele Kennzeichen mit dem Kürzel MS für Münster, aber auch RE für Recklinghausen, BOR für Borken, COE für Coesfeld und sogar ein paarmal das Kürzel der Landeshauptstadt und einen Wagen aus Bremen. Die Tür stand offen, und so leise sich die Besucher zu sein bemühten, eine derartige Menge verursachte zwangsläufig ein gewisses Volksgemurmel, das man bereits vor dem Haus hören konnte. Er trat ein. In Gruppen oder allein standen die Menschen vor den Bildern. Im Museumsshop rechts von ihm waren zahlreiche kaufwillige Besucher über Kataloge gebeugt oder blätterten durch Postkartenstapel.

Jakob Zimmermann kam aufgeregt die Treppen herunter. Offenbar hatte er viel zu tun.

„Herr Kommissar", rief er heftig schnaufend. Sein schwarzes, dünnes Haar klebte vor Schweiß an seiner wulstigen Stirn, und er strich es mit seinen kurzen, dicken Fingern zur Seite. Er lächelte wie immer unterwürfig, wobei sich sein schlecht gestutzter, kleiner Schnurrbart mit dem einen Mundwinkel hob. Er fummelte mit der einen Hand in der tiefen Tasche seiner Arbeitshose, bekam etwas nicht herausgefischt, grub tiefer und sagte: „Ich habe etwas gefunden, draußen im Garten." Endlich hatte er zu fassen bekommen, wonach er suchte, und hielt van de Loo nun freudestrahlend etwas vor das Gesicht.

„Wann haben Sie das gefunden?" fragte der.

„Heute Morgen, beim Kiesharken. Sie lag gerade so, dass man sie nicht sofort sehen konnte, unter den Büschen."

Van de Loo griff nach dem Gegenstand. Wenn es auch möglicherweise noch ein verspätet aufgetauchtes Beweisstück war, so hatte doch Zimmermanns Behandlung ohnehin alle Spuren darauf zunichte gemacht, deshalb verzichtete van de Loo auf ein Taschentuch oder Ähnliches.

Es handelte sich um eine altmodische Brieftasche. Dunkel, aus Leder, wohl schon älter, aber gut gepflegt. Die Verschlüsse waren aus Kupfer, und Form und Gestaltung ließen eher auf ein Exemplar für Damen schließen. Einem der Gärtner würde sie nicht gehören.

„Danke", sagte van de Loo, nicht so begeistert von dem Fund, wie Zimmermann es wohl erwartet hatte.

Kurz war ihm seine Enttäuschung anzusehen, dann fing er sich wieder und dienerte vor dem Kommissar, der sich bemühte, ihm ein freundliches Lächeln zu schenken. Van de Loo steckte die Brieftasche ein und schritt weiter durch die Räume. Er sah Frau Brock mit einer Gruppe im Aufzug aus dem ersten Stock herunterkommen. Sie bemerkte ihn ebenfalls und nickte ihm knapp zu, ohne ihre Worte an die Zuhörer zu unterbrechen. Oben schien es noch voller zu sein.

Van de Loo entschloss sich, eventuell später dort hinauf zu gehen. Im Wintergarten waren beinahe alle Tische besetzt mit plaudernden und in eben erworbenen Büchern oder ausliegenden Broschüren blätternden Besuchern. Er ging hinaus in den Garten. Auch hier saßen Besucher auf Bänken und unterhielten sich. Der Kommissar schritt gemächlich über den Kies. Er fand eine freie Bank, die ein wenig abseits und der Sonne abgewandt lag. Er setzte sich und zog die Brieftasche hervor. Er wollte nachsehen, ob sie einen Hinweis auf den Besitzer enthielt. Zimmermann hatte dies trotz seines kriminalistischen Eifers wohl nicht gewagt. Wenn es ein simples Fundstück war, dann hätte dieses Vorgehen vielleicht schon zum Eigentümer geführt, und die Sache wäre erledigt. Van de Loo ließ die zwei ineinander verschränkten Kupferkügelchen aufschnappen. Das kleine Fach für Münzen war bis auf wenige Cent und ein altes Markstück leer. Es gab keinen Ausweis oder Karten von Banken oder Versicherungen, dafür einen Zettel mit einem Arzttermin bei einem Orthopäden im hiesigen Ärztehaus nächsten Monat. Das größere Fach für Papiere enthielt einige penibel gefaltete Kassenbons und den Abholschein einer Wäscherei: *Pepp und Schwung mit Reinigung,* stand auf dem Kopf des Zettels aus billigem grauem Papier. *Ein Rock* war darauf gekritzelt, und die Säuberung des Kleidungsstückes war per Vorkasse bezahlt worden und hatte 8,50 Euro gekostet. Van de Loo griff wahllos einen der Kassenbons und besah ihn ohne große Hoffnung, daraus etwas über den Eigentümer der Brieftasche zu entnehmen.

Er war vom Supermarkt um die Ecke und listete eine Dose Pfirsiche, einen Liter Traubensaft und 170 Gramm Granny-Smith-Äpfel auf.

Absolut banal, dachte van de Loo, was so von einer Person übrigbleibt, wenn man nur ihre Brieftasche hat. Banal und dennoch in gewisser Weise aussagekräftig. Er blätterte weiter durch den Inhalt des Faches und fand darin noch etwas, das ihm beinahe entgangen wäre. Ein Foto, kaum größer als vier mal drei Zentimeter und auf altem, dunkelbraunem und ledrigem Papier. Zerknittert und geglättet, und das vermutlich unzählige Male in den Jahrzehnten seit seiner Entstehung. Es zeigte einen jungen Mann, der van de Loo vertraut vorkam. Er drehte es um und fand eine Aufschrift auf der gelblichen Rückseite. Sütterlin, schwer zu lesen. Blass war die Tinte geworden und eng die Buchstaben auf dem begrenzten Platz zusammengedrückt. Schließlich konnte er das meiste entziffern. Er wusste nun, wem das kleine Foto vor langer Zeit geschenkt worden war, und noch mehr wurde ihm klar. Er erhob sich von der Bank und ging.

Frau Bergmann erinnerte sich sofort an van de Loo. „Herr Kommissar“, sagte sie, fast schien sie auf sein erneutes Erscheinen gewartet zu haben. „Einen Augenblick bitte, ich lasse Sie sofort herein!“

Sie schloss die Zimmertür kurz wieder.

Van de Loo rief: „Machen Sie sich keine Umstände!“ durch das dünne Holz. Er wollte nicht, dass die alte Dame glaubte, erst aufräumen zu müssen. Schließlich öffnete sich die Tür erneut, und das freundlich lächelnde, völlig zerfurchte Gesicht von Frau Bergmann erschien im Spalt.

„Bitte, kommen Sie herein!“

„Frau Bergmann, ich habe etwas für Sie“, sagte van de Loo.

Sie nahm die ihr hingehaltene Brieftasche mit einem Ausdruck der Erleichterung aus seiner Hand und seufzte: „Ich muss mich erst einmal setzen, Herr Kommissar. Verstehen Sie bitte, ich habe geglaubt, sie sei mir gestohlen worden.“

Van de Loo lächelte und sah zu, wie sie sich schwer in ihren Sessel sinken ließ und begann, die lederne Börse mit beiden Händen behutsam zu reiben, als müsse sie sie wärmen. Als sie den Verschluss öffnete und mit zittrigen Fingern sofort das Fach mit ihren wenigen Papieren aufklappte, sah van de Loo weg, denn er wollte nicht indiskret wirken. Er schaute sich um, versuchte, seine Aufmerksamkeit auf etwas anderes zu lenken. Der Wandteppich, so fiel ihm auf, hing etwas schief, anders als bei seinem ersten Besuch.

Als er den Komplex verließ, wusste van de Loo, dass er eine gute Idee brauchte. Er schlug den Weg zum Museum ein. Eine festlich geschmückte Kutsche mit einem fröhlich winkenden Brautpaar fuhr an ihm vorbei, aber er hatte kaum Augen dafür. Er würde mit Zimmermann sprechen müssen. Am Kirchplatz warteten die Hochzeitsgäste, van de Loo sah sie kaum. Auch van Boersma müsse er um Hilfe bitten.

Draußen sah man die Schwüle unter den ausladenden Ästen der Rotbuche förmlich schimmern. Das nahende Gewitter wurde in ersten kräftigen, lauwarmen Windstößen bemerkbar. Im Museum war es still. Die übliche überdeutliche Ruhe, wenn der Besucherstrom endgültig draußen war und das alte Haus in seinen ursprünglichen Zustand von Stein und Holz und Glas zurückkehrte, der duldsam sowohl westfälischen Sommer und moderne Malerei wie auch familiären Lärm in seinen Wänden erlauben würde.

Im Wintergarten sammelten sich langsam die einbestellten Personen. Jakob Zimmermann war ohnehin schon dagewesen und hatte den Polizisten die Tür geöffnet, nachdem er sie vor einer halben Stunde hinter den letzten Besuchern geschlossen hatte. Er hatte sogar in der Zwischenzeit seinen Overall gegen eine Stoffhose und ein Jeanshemd getauscht. Man merkte ihm an, dass es ungewohnt für ihn war, mit all den anderen, zum Teil ihm übergeordneten Personen zusammen in diesem Gebäude zu sein, aus dem gleichen Grund wie sie und nicht, um für sie zu arbeiten. Frau Brock war da, steif aufrecht auf der Kante ihres Stuhles, mit abgewandtem Gesicht und scheinbar ungerührter Miene Professor Karmanns gelegentlichen Fragen lauschend, die sie kaum merklich mit angedeutetem Kopfschütteln oder Nicken beantwortete. Wladimir Branjic wurde von Strothkamp hineingeführt, und Frau Brocks und Professor Karmanns Blicke gingen dezent, aber deutlich sichtbar zu ihm hin, um dann schnell wieder auf die Tischplatte oder ins Leere zu wandern. Strothkamp drückte Branjic auf einen Stuhl am anderen Ende des Tisches. Mürrisch und wortlos verzog er die Mundwinkel und starrte in Richtung der anderen Anwesenden. Zimmermann zog sich verschreckt einige Schritte zurück, als der Blick des Russen ihn streifte. Einige Minuten vergingen in gespanntem Schweigen.

Im Garten schlugen dicke Tauben laut mit den Flügeln, die Äste des Baumes bewegten sich langsam und kraftvoll im Wind und warfen wechselnde Lichtreflexe auf die Wartenden. Als sei es das Spannendste, was sich die eingestellten Gäste in diesem Moment hätten vorstellen können, fixierten sämtliche Augenpaare die plötzlich auftauchende kleine Figur am Rande der Gartenfläche. Wie so oft quälte sich Cäcilia Bergmann mit ihrem Rollator über den Kies. Wie üblich trug sie ihr schwarzes Kostüm und die schweren Schuhe. Einen Moment hielt sie inne, richtete sich auf, und es schien, als träfe sich ihr Blick mit dem der Anwesenden im Museum.

Van de Loo trat ein. Sofort wandten sich alle von der Rentnerin ab und dem Ankommenden zu, an dessen Seite ein offensichtlich aufgebrachter Herr im Anzug erschien, heftig die Hand des Kommissars am Ärmel seines Jacketts abwehrend.

„Lassen Sie mich los! Ich kann alleine laufen." Der Herr sprach mit einem leichten Akzent. Van de Loo machte eine entschuldigende Geste, die sowohl an den Herrn als auch an die Anwesenden gerichtet sein konnte.

„Darf ich um Ihre Aufmerksamkeit bitten?" sagte er in den Raum, während er dem Neuankömmling einen Platz an der Seite von Branjic zuwies. Seine Bitte war unnötig, denn ohnehin herrschte völlige Ruhe unter den Wartenden. Frau Brocks Miene nahm einen verächtlichen Ausdruck an, die anderen sahen interessiert zu dem neu eingetroffenen Gast hin. Der Kommissar fuhr fort: „Dies hier ist unser letzter Gast. Ich bitte, die Wartezeit zu entschuldigen, aber Herr van Boersma konnte sich nicht mehr recht an den Weg hierher erinnern, deshalb habe ich ihn persönlich abgeholt." Van Boersma, der sich spürbar unwohl unter den Blicken aller Anwesenden fühlte, setzte zu Protest an, aber Strothkamp, der sich neben ihm postiert hatte, wies ihn mit einer knappen Handbewegung an, zu schweigen.

„Meine Damen und Herren", setzte van de Loo erneut an. „Wir haben Sie alle hierher gebeten, um letztmalig alle offenen Fragen im Fall des Raubs der *Getreppten Skala* zu klären. Wegen einiger Ungereimtheiten haben wir beschlossen, einmal alle involvierten Personen zusammen zu befragen. Außerdem gibt es einige neue Erkenntnisse, die ich Ihnen der Einfachheit halber allen gemeinsam darlegen möchte." Kurz musterte er jeden Einzelnen in der Runde, aber da kaum eine nennenswerte Regung zu erkennen war, sprach er weiter: „Halten wir zunächst fest, was wir schon wissen. Am zweiten Juli-Wochenende wurde das Bild *Blaue Komposition in getreppter Skala* von Max Maybach aus diesen Räumlichkeiten entwendet. Der oder die Täter mussten keine Türen oder Fenster aufbrechen, um ins Gebäude zu gelangen. Folglich konnte auch die Alarmanlage, die bisher leider nur die Eingänge und nicht jedes einzelne Bild absichert, nicht funktionieren. Damit war schnell deutlich, dass jemand entweder seine Pflicht, die Räume verschlossen zu halten, nicht nachgekommen ist oder jemand den oder die Täter wissentlich eingelassen hat. Auf jeden Fall handelt es sich um jemanden, der über die Schlüssel verfügt."

Alle Blicke im Raum gingen hin zu Jakob Zimmermann, der bei van de Loos Worten immer kleiner zu werden schien und alle Farbe aus seinem sonst so rosigen Gesicht verlor.

„Nun, da der Hausmeister Herr Zimmermann angibt, die Türen am Abend des Freitags vor dem Raub verschlossen zu haben, was die hier anwesende Frau Brock bereits bestätigt hat, müssen wir uns fragen, wer sonst noch Schlüssel zu den Räumlichkeiten besitzt. Das sind meiner Information nach Sie, Herr Professor Karmann."

Karmann begann zögerlich, aber deutlich zu sprechen: „Das ist richtig. Allerdings ist es kein Geheimnis, dass ich die Schlüssel häufig und gerne anderen Mitgliedern des Kuratoriums und des Mitarbeiterkreises überlasse, wenn es nötig ist, um zum Beispiel Veranstaltungen vorzubereiten."

Van de Loo hakte ein. „Richtig. Und somit ist auch klar, dass es zahlreichen Personen ohne große Probleme möglich gewesen wäre, eine Kopie des Schlüssels zu erstellen."

Karmann nickte, und auch Strothkamps Einwurf, es sei doch ein Sicherheitsschloss, ließ van de Loo nicht gelten. Schließlich gebe es auch dort technische Möglichkeiten für diejenigen, die ein dringendes Interesse hätten.

„Wir können also davon ausgehen, dass langwierige und sorgfältige Planungen nötig gewesen sind, um das Verbrechen zu begehen. Man musste die Gepflogenheiten im Museum kennen, die Abläufe verstehen; wissen, wann wer im Haus ist und wie lange. Um genau dies in Erfahrung zu bringen, hat Herr Branjic hier immer wieder viel Zeit verbracht, auch dies ist bezeugt!"

Branjic hatte es längst aufgegeben, so zu tun, als verstünde er kein Deutsch, und folgte den Worten des Kommissars aufmerksam. „Hab ich nichts geklaut", sagte er zornig. „Hab ich nur geguckt schöne Bilder!" Strothkamps Blick ließ ihn verstummen.

„Das wissen wir", sagte van de Loo überraschenderweise. „Wir wissen, dass Sie kein Bild angerührt haben, Herr Branjic."

Von Frau Brock kam ein abschätziges Schnauben. Für sie war scheinbar klar, wer der Täter sein musste. Van de Loo wandte sich nun direkt an sie: „Frau Brock, Sie haben recht. Herr Branjic war wiederholt hier und hat jedes Mal viel Zeit in den Räumlichkeiten verbracht. Die Aussagen der meisten Zeugen stimmen jedoch darin überein, dass Herr Branjic nicht auffällig oft im Raum mit den Werken Maybachs anzutreffen gewesen ist. Er war dort, ja, aber offenbar viel zu kurz, als dass daraus ein Interesse an diesen Werken zu schließen wäre. Vielmehr ist er jedes einzelne Mal im Raum der Stiftsbibliothek gesehen worden, aber dort fehlt bekanntlich nichts."

Frau Brock schien wenig überzeugt und sagte kühl: „Warum ist der Herr dann geflüchtet, als Sie ihn nach der Tat hier antrafen?"

Alle Anwesenden sahen van de Loo an, als habe Frau Brock einen Trumpf ausgespielt, auf den der Kommissar tatsächlich erst einmal eine Antwort finden müsste.

„Denken Sie sich einmal in ihn hinein", sagte van de Loo ungerührt. „Herr Branjic ist Ausländer und erst seit kurzer Zeit in Deutschland. Er hat tatsächlich einige unschöne Dinge in seiner Biographie, wenn ich es mal so formulieren darf. Allerdings konnten nach Prüfung seiner Person keinerlei Verbindungen festgestellt werden, die ihn als Handelnden in einer Kunstraub-Aktion denkbar werden lassen. Sicher hatte er Angst, dass seine Anwesenheit an einem Tatort ihn sofort zum potentiellen Verdächtigen machen würde, und genau so ist es ja offenbar auch gekommen." Die Runde zeigte sich wenig beeindruckt von van de Loos Ausführung, aber konkrete Beweise für Branjic' Schuld konnte auch niemand hinzufügen.

„Wir wissen weiterhin", fuhr der Kommissar fort, „dass alle anderen hier Anwesenden für das fragliche Wochenende über glaubhafte Alibis verfügen."

Nun schaltete Strothkamp sich ein, der bisher als stummer Beobachter nur eingegriffen hatte, wenn eine der Personen die Ausführungen van de Loos zu unterbrechen drohte.

„Die Neuigkeiten", warf er ein, als könne es sein, dass van de Loo seine Ankündigung vergessen habe. Die Runde sah kurz zu ihm, dann kehrte erneut gespanntes Schweigen ein.

„Danke, Franz“, sagte van der Loo. „Ja, meine Damen und Herren, bisher habe ich Ihnen wenig Neues zu erzählen gehabt. Keine konkreten Verdächtigen, keine konkreten Hinweise. Tatsächlich muss ich sagen, dass wir selten so lange im Dunklen getappt sind wie in diesem Fall. Es gab einige Ungereimtheiten, die jedoch alle immer sofort eine logische Erklärung gefunden haben. So sind wir nicht das kleinste Stückchen vorangekommen, bis ...“ Hier legte er eine dramatische Pause ein, während derer er in der Tasche seiner Jacke kramte und etwas herauszog. Es war die Visitenkarte van Boersmas, die er in der Küche des Museums gefunden hatte. „Dies hier ist eine Visitenkarte, die ich recht früh am Tatort sichern konnte, und wie so oft sind es die kleinen Dinge, die einen häufig auf die richtige Spur bringen.“

Van de Loo schwenkte das kleine Stück Pappe ein wenig in der Luft umher und schritt gemächlich zu Jeroen van Boersma hinüber, wobei die Blicke aller ihm folgten.

„Für diejenigen, die ihn noch nicht kennen“, hob van de Loo die Stimme. „Herr van Boersma hier kommt aus Hengelo, und es ist seine Karte, die ich hier im Museum fand. Nun beteuert Herr van Boersma, nie hier gewesen zu sein, nicht wahr?“

Der Niederländer sprang auf, erbost und mit hochrotem Kopf. „Das ist wahr“, rief er. „Ik ben nie in diese Museum gewesen. Ik kenne niemand von diese Leute hier!“

„Das ist nicht ganz richtig“, fiel van de Loo ihm ins Wort. „Es mag stimmen, dass Sie nie selbst hier anwesend waren, aber trotzdem ist Ihr Name und alles, was damit verknüpft ist, hier nicht ganz unbekannt.“

Strothkamp war zu van Boersma hinübergeschritten und sorgte mit seiner körperlichen Präsenz und einem strengen Blick dafür, dass der Niederländer schwieg und sich wieder setzte, wenn auch unwillig.

„Frau Brock“, fuhr van de Loo fort, „hat mir bereits berichtet, dass Ihre vielfältigen beruflichen Aktivitäten ihr nicht verborgen geblieben sind und durchblicken lassen, dass sie eine Kontaktaufnahme zum Museum Ihrerseits für nicht ganz abwegig hält.“

Frau Brock rutschte nun vor Verlegenheit auf ihrem Stuhl herum, widersprach aber nicht.

„Verstehen Sie mich richtig, Herr van Boersma. Bisher hat niemand hier Sie konkret belastet, trotz des eben genannten Umstands und trotz der Tatsache, dass ich Ihre Karte in der Küche fand. Unsere Recherchen über Sie und Ihre Firma haben allerdings schnell erkennen lassen, dass eine gewisse Skrupellosigkeit und raffinierte Methoden, Druck auszuüben, durchaus zu Ihren Fähigkeiten gehören.“ Van Boersma winkte ab, scheinbar unwillig, dem Folgenden überhaupt noch Gehör schenken zu wollen. Aber van de Loo ließ sich nicht beirren: „Herr van Boersma. Wenn ich Sie jetzt fragen würde, wieso wir auf Ihrem Computer zahllose Informationen über das Bauhaus-Museum Steinfurt gefunden haben und wozu Sie die diversen Kontakte zu einschlägig Bekannten aus dem Kunsthandel benötigen, dann würden Sie vermutlich privates Interesse und eine lebhafte Sammeltätigkeit angeben, nehme ich an? Fakt ist, dass Sie in den letzten Wochen scheinbar ganz offensichtlich Ihre Fühler nach diversen Bildern von verschiedenen Bauhaus-Künstlern ausgestreckt haben.“

Unruhe machte sich in der Runde breit, die Strothkamp mit einem lauten Zischen wieder zum Verstummen brachte, damit sein Kollege fortfahren konnte.

„Wenn ich eins und eins zusammenzähle, Herr van Boersma, kann ich mir folgenden Tathergang vorstellen, über den Sie gar nicht zu bemerken brauchen, dass mir die Beweise dafür fehlen. In diesem Moment befragt die niederländische Polizei sämtliche Ihrer Mitarbeiter und durchsucht Ihre Büroräume. Die Aussagen der bisher von Ihnen geschädigten Personen reichen aus für weitere Untersuchungen, und dabei werden wir etwas finden, das schwöre ich Ihnen! Ich stelle mir das so vor: Obwohl aus Angst und um das Museum zu schützen bisher niemand dazu bereit ist, es anzugeben, haben Sie Druck auf die Verantwortlichen ausgeübt, Ihnen das Gemälde *Blaue Komposition in getreppter Skala* sozusagen als Geschenk zu überlassen, wenn sie davon absehen, durch gezielte Transaktionen praktisch in den Besitz des ganzen Museums zu kommen. Als Ihrem Vorschlag nicht Folge geleistet wurde, haben Sie andere Mittel ergriffen. Es ist natürlich noch fraglich, auf welchem Wege Sie das Gemälde haben entwenden lassen. Ob Sie Herrn Zimmermann hier erpresst haben, die Tür zum Garten doch wieder zu öffnen, damit Ihr Helfershelfer freien Zugang hatte, oder ob Sie auf anderem Wege in den Besitz eines Schlüssels gelangt sind."

Zimmermann im Hintergrund wurde erneut kreidebleich und hob abwehrend die Hände. Professor Karmann sah ihn stirnrunzelnd und völlig entgeistert an, während Frau Brock den Blick fest auf die Spitzen ihrer Pumps gerichtet hielt.

Van Boersma gab sich, als habe er allen Widerstand aufgegeben, und als van de Loo ihm mit lauter Stimme zu verstehen gab, man fände das Bild ohnehin irgendwo in seinem Versteck, und es sei besser, zu gestehen, erhob er sich. Stolz und abweisend stand er da, die teils schockierten, teils verwirrten Blicke aller auf sich vereint.

Er zischte: „Dat müssen Se erst mal beweisen! Ik will meine Anwalt sprechen!“ Aber als Strothkamp ihn an der Schulter fasste und abführte, leistete er keinerlei Widerstand.

„Das nehmen wir dann mal vorläufig als Geständnis“, meinte van de Loo gelöst in die Runde, aus der keiner einen Ton von sich gab. „Meine Damen und Herren, ich danke Ihnen und hoffe, dass sich auch die letzten Formalitäten recht rasch abwickeln lassen. Sie haben gesehen, das Verhalten des Verdächtigen legt nahe, dass eine Wiederbeschaffung des Bildes nur noch eine Frage der Zeit ist. Ich setze Sie selbstverständlich über alle weiteren Entwicklungen sofort in Kenntnis.“

Die Anwesenden erhoben sich langsam und verließen das Museum. Einzig Professor Karmann schüttelte van de Loo dankbar die Hand, wenn auch er sichtlich von den Geschehnissen überrascht zu sein schien.

Noch am frühen Abend kam der Anruf. Beide Personen seien unterwegs, hieß es vonseiten der zivilen Beamten, die sie zur Überwachung abgestellt hatten. Van de Loo hatte es erwartet. Er wies die Kollegen an, dranzubleiben und ihn weiter auf dem Laufenden zu halten.

Eine Viertelstunde später ein erneuter Anruf. Frau Brock hatte mit ihrem Wagen das Bagno erreicht und ihn auf dem Parkplatz abgestellt. Zu Fuß habe sie sich auf den Weg in den Wald gemacht. Ob er folgen solle. Van de Loo bejahte: „Unbedingt! Aber unauffällig."

„Geht klar", erwiderte der Kollege.

Van de Loo fragte Strothkamp: „Was ist das Bagno?"

„Ein Waldstück zwischen Borghorst und Burgsteinfurt. Mit einem großen See und so einem Konzerthaus. Ist ein beliebtes Ausflugsziel, vor ein paar Jahren haben sie da viel Geld reingesteckt."

Van de Loo nickte.

Fünf Minuten später hieß es, auch Branjic sei an der Haltestelle Bagno aus der Linie 73 gestiegen und nun zu Fuß in den Wald gegangen. „Dranbleiben", wies van de Loo auch diesen Kollegen an. Er hatte damit gerechnet, aber nicht so zügig.

Strothkamp fragte: „Sollen wir hinfahren? Wir könnten direkt zugreifen!"

„Lass mal. Wir wären wahrscheinlich zu spät. Die Kollegen sind dran und werden uns schon erzählen, wenn etwas Wichtiges passiert. Zur Not können sie selbst eingreifen."

Tatsächlich hatten sich Brock und Branjic wie zufällig auf einer der Bänke am See getroffen. Die beiden Beamten brachten Fotos des Treffens. Es war ein kurzes, aber aufgeregtes Gespräch gewesen, bei dem besonders Branjic heftige Emotionen gezeigt hatte. Frau Brock dagegen hatte kühl gewirkt, beinahe teilnahmslos.

Leider hatten die Polizisten nicht verstehen können, worum es in dem Gespräch gegangen war. Kollege Lammerding war einmal an ihnen vorbeigeschlendert, wobei er Branjic etwas wie „Komplikationen" und „abblasen“ hatte sagen hören. Frau Brock hatte nicht reagiert. Auf seinem Rückweg, einige Minuten später, hatte Lammerding noch den erregten Branjic sagen hören, dass etwas teuer werde, aber nicht verstanden, was genau gemeint gewesen war. Gegen Ende des Gesprächs war Frau Brock aufgestanden und hatte Branjic kurz, aber offenbar unmissverständlich etwas mitgeteilt. Dieser war dann nach ihrem Fortgang noch kurz sitzengeblieben und erst einige Minuten später Richtung Bushaltestelle verschwunden.

## 9
## Mond, Mars und Makrobiotik

Van de Loo war fest davon überzeugt, dass ein weiteres Treffen Frau Brocks mit Branjic zu erwarten war. Sie brauchten einen Stützpunkt in Steinfurt, wenn sie schnell genug vor Ort sein wollten. Nach wie vor überwachten die Kollegen sowohl das Haus Frau Brocks als auch Branjic’ Unterkunft. Sobald sich einer von beiden auf den Weg machen sollte, würde er informiert.

Strothkamp war sich sicher, dass die beiden mit dem Raub zu tun hatten, sein Kollege wusste es besser. Brock und Branjic hatten die *Blaue Komposition in getreppter Skala* nicht gestohlen, aber es gab etwas, was van de Loo noch nicht wusste, aber eine Überwachung nötig machte, das war ihm klar.

Vor der Tür des kleinen Hauses sagte er: „Hat deine Schwester wirklich nichts dagegen, dass wir uns hier einquartieren, Franz?“

„Ach wat. Das tut die gern. Margith hatte schon immer ne Schwäche für ihren großen Bruder", gab Strothkamp zurück und klingelte beherzt. Van de Loo sah, dass der Name Bittner an der Tür stand. Sofort erklang Kindergejohle, das erst verstummte, als eine resolute Frauenstimme kurz und prägnant für Ruhe sorgte. Die Tür ging auf. Strothkamp fasste seine Schwester fest an der Schulter, sagte: „Hallo Schwesterherz" und schob sich an ihr vorbei in den Flur, wo er sofort von seinen kleinen Neffen in Beschlag genommen wurde.

„Danke, Frau Bittner, dass Sie uns unterstützen", sagte van de Loo bei der Begrüßung.

Die Frau trug ein schlabberiges buntes Kleid und Schlappen an den Füßen. Sie sah haargenau so aus wie eine weibliche Variante ihres älteren Bruders, die gleiche knollige Nase und die gleichen großen Ohren. Nur war sie um einiges schlanker, fast ausgezehrt.

„Strothkamp", sagte sie. „Ich heiße jetzt wieder Strothkamp", setzte sie wahrscheinlich wegen des irritierten Gesichtsausdrucks des Kommissars hinzu. „Nachdem mein Mann weg ist und wir offiziell geschieden sind, habe ich meinen Mädchennamen wieder angenommen."

„Ah ja", antwortete van de Loo. „Auf jeden Fall danken wir Ihnen sehr dafür, dass wir hier unsere Zelte aufschlagen dürfen."

Strothkamps Schwester führte sie in ihr Wohnzimmer, ihre Kinder hingen an den massigen Beinen des Onkels, der grinste und sie mit sich zog, als seien sie gar nicht da. „Nicht jetzt, Kinder, Onkel Franz ist dienstlich hier", raunte er in Richtung Fußboden, wovon die zwei Jungs sich nicht stören ließen.

Als sie ihre Sachen verstaut hatten und Frau Strothkamp van de Loo das Bad und sein Bett gezeigt hatte, fragte sie, an ihren Bruder gewandt: „Franz, habt ihr eigentlich was gegessen?"

„Also, Margith, Waltraud war unterwegs, und ich kam so spät nach Hause ..."

„Gut, du hast Hunger", unterbrach ihn seine Schwester. „Was ist mit Ihnen, Herr van de Loo?"

„Ach, machen Sie sich keine Mühe, Frau Strothkamp."

Van de Loo war kurz in seiner Wohnung gewesen, um ein paar Sachen für den Außeneinsatz zusammenzupacken. Er hatte den Anrufbeantworter abgehört. Zwei Nachrichten waren drauf gewesen. Eine von seiner Ex-Frau Sonja, die ihn um Rückruf bat, wegen irgendeiner Bankgeschichte, und eine von Marita, die geschlagene drei Minuten auf sein Band schimpfte, weil er sich seit Wochen nicht gemeldet hatte. Gegessen hatte er tatsächlich nicht. Er war sich nicht einmal sicher, ob das Brot im Schrank noch gut gewesen wäre.

Aber Margith Strothkamp war schon in die Küche geeilt, und van de Loo nahm gegenüber von Strothkamp, der sich mit den Jungs auf der Couch kabbelte, auf einem Sessel Platz.

Im Wohnzimmer, das klein, aber gemütlich war, hingen naive Blumenbilder. Die Möbel waren massiv und dunkel. In der Küche hörte van de Loo Geschirr klappern. Bald darauf erschien Strothkamps Schwester mit zwei Tellern in den Händen. Ihr Bruder setzte sich auf, so gut es in dem weichen Sofa möglich war, und rieb sich die Hände.

„Jungs, jetzt mal Schluss, Onkel Franz muss essen", sagte er, und seine beiden Neffen verzogen sich mit enttäuschter Miene.

„Bitte schön, guten Appetit", sagte Frau Strothkamp und drückte beiden Polizisten jeweils einen gut gefüllten Teller in die Hand. Van de Loo sah zwei äußerst robust wirkende Scheiben Körnerbrot mit Quark, daneben je drei Scheiben Gurke, Tomate und Radieschen.

Strothkamp, dem die Enttäuschung anzusehen war, maulte. „Mann, Margith, isst du immer noch nichts Vernünftiges?"

Seine Schwester stemmte die Hände in die knochige Seite. „Franz, ich esse sehr vernünftig, im Gegensatz zu dir! Wir sind Vegetarier, das weißt du schließlich nicht erst seit gestern."

Strothkamp gab klein bei, und van de Loo beeilte sich zu sagen: „Das ist wunderbar, Frau Strothkamp! Wir sind völlig zufrieden damit!" Er forderte seinen Kollegen mit einem raschen Blick dazu auf, ihm zuzustimmen.

Während die Polizisten aßen, brachte Frau Strothkamp die Kinder ins Bett. Van de Loo hörte sie etwas vorlesen. Sein freudlos kauender Kollege sagte mit vollem Mund: „Wette, die armen Jungs kriegen Stielaugen, wenn sie an einer Dönerbude vorbeikommen."

Eine knappe Stunde später beschloss man, ebenfalls zu Bett zu gehen, denn diese Nacht konnte kurz werden, wenn van de Loo mit seiner Einschätzung richtig lag.

Van de Loo war von Strothkamps Schwester im Kinderzimmer untergebracht worden. Die Jungs durften in dieser Nacht bei der Mutter übernachten, was sie dafür entschädigte, dass sie ihr Zimmer für den fremden Gast hatten räumen müssen. Eine Menge Spielzeug und kleine Möbel waren an die Wand geschoben worden, um einer Matratze Platz zu schaffen. Strothkamp schlief im Gästezimmer nebenan, er hörte ihn bereits genüsslich schnarchen.

Der Polizist lag auf dem Rücken im Dunklen, die Bettwäsche roch wunderbar nach Weichspüler, an der Decke leuchteten Plastiksterne leicht grünlich vor sich hin. Das Einschlafen fiel ihm schwer. Es war nicht die ungewohnte Umgebung, er glaubte, mittlerweile überall schlafen zu können. Das Gespräch mit Frau Bergmann ging ihm immer wieder durch den Kopf. Er hatte selbst den Kollegen Strothkamp noch nicht darüber informieren können, so unklar war er sich, ob er richtig gehandelt hatte.

Frau Bergmann war augenblicklich klar gewesen, dass van de Loo Bescheid wusste. Sie hatte das kleine Foto Max Maybachs aus ihrer Brieftasche gezogen und mit der Fingerspitze das verschlungene C in der Widmung auf der Rückseite nachgefahren. „Nehmen Sie Platz, Herr Kommissar", hatte sie ihn aufgefordert.

„Erzählen Sie mir, Frau Bergmann, was geschehen ist."

Sie hatten beide einträchtig wie bei ihren vorigen Gesprächen in Frau Bergmanns alten Sesseln gesessen und an die Wand geschaut. Dabei waren spärlich, aber regelmäßig die Sätze geflossen.

„Max und ich", hatte sie stockend begonnen, „Max und ich haben uns als Backfische kennengelernt. Er war mit seinen Eltern hierhergezogen und war schon als junger Mann ganz anders als alle anderen. Er liebte die Malerei und schöne Dinge. All die anderen, die ich kannte, waren Bauernsöhne und haben Max oft böse mitgespielt. Ich hab gleich gewusst, dass er der Richtige für mich ist. Aber es war schwer damals. Herr Kommissar, Sie müssen verstehen, das war eine andere Zeit. Wir konnten uns nicht einfach so treffen. Ich war erst siebzehn, und schon vorher habe ich monatelang auf den Sonntag hingefiebert, wenn ich mit meinen Eltern in die Kirche ging und den Max dort mit seinen Eltern sehen konnte. Er hatte nur Augen für mich. Einige Jahre haben wir uns nur aus der Ferne angestarrt. Erst, als er volljährig war und ich auch etwas älter, konnten wir uns ab und zu treffen. Meine Eltern waren nicht einverstanden. Für sie war der Max *de Utlander*, der Ausländer, verstehen Sie?“

Van de Loo hatte sehr gut verstanden. Er hatte sich genau vorstellen können, wie der Junge aus dem Bergischen sich in diesem westfälischen Nest gefühlt haben musste.

Frau Bergmann, die all diese alten Erinnerungen wohl kaum jemandem anvertraut hatte, war nun rascher und konzentriert fortgefahren, als sei sie dankbar gewesen für die Gelegenheit, endlich einmal alles darzulegen. Sie hatte gelächelt, trotz der kleinen Tränen, die ihre Wange heruntergelaufen und zum Teil in einzelnen Runzeln ihres Gesichtes versickert waren.

„Als Max in die Lehre ging, wurde alles etwas besser. Meine Eltern duldeten es, dass er ab und an zu Besuch kam, aber nur, wenn sie beide dabeisaßen und aufpassen konnten. Er machte mir oft Geschenke, ganz reizende Dinge. Er schrieb Gedichte für mich und fertigte Zeichnungen an. Als das Haus meiner Eltern im Krieg zerstört wurde, habe ich dann fast alles, was ich von ihm hatte, verloren."

Van de Loo hatte in eine Pause, in der Frau Bergmann schwieg, hineingefragt: „Was geschah, als er nach Dessau ging?"

Frau Bergmann hatte ihre Position im Sessel offenbar unter Schmerzen gewechselt. Es war van de Loo so vorgekommen, als erinnere sie sich an diesen Punkt weniger gerne. „Es ist mir schwergefallen, ihn gehen zu lassen, aber ich spürte ganz deutlich, er würde zurückkommen. Die Kunst war seine größte Liebe. Wissen Sie, Herr Kommissar, Max brannte für die Malerei und für die neuen Ideen, die hier keiner verstehen konnte. Ich durfte ihn nicht aufhalten."

Erneut hatte die alte Dame eine Pause eingelegt, van de Loo war still geblieben und sicher gewesen, dass noch etwas folgen würde.

„Kurz und gut. Als der Krieg ausbrach, ist seine Familie zurück zu den Verwandten nach Wuppertal. Ich habe ihn noch einmal gesehen, kurz bevor er nach England ging. Er hat versucht, mich zum Mitkommen zu bewegen, aber ich war ja noch nicht volljährig. Meine Eltern hätten mich niemals gehen lassen. Mein Vater wurde eingezogen, meine Mutter und meine jüngeren Schwestern hätte ich nicht verlassen können. Wir haben uns versprochen, dass wir Verlobung feiern, wenn der Krieg vorbei ist. Als Pfand hat er mir damals das Bild gegeben. Er hatte es für mich gemalt, als das Bauhaus von den Nazis geschlossen worden war und er sich in Berlin mit Gelegenheitsarbeiten über Wasser gehalten hat. Es war mir gewidmet, wie Sie ja jetzt wissen, Herr Kommissar, und ich war gezwungen, es abzugeben, als wir nach dem Krieg nichts mehr hatten. Unser Haus war zerstört, wir sind zu Verwandten nach Ahlen gezogen, und Max war noch nicht zurückgekehrt. Wissen Sie, ich habe geglaubt, er sei tot oder längst in England verheiratet, denn wir hatten monatelang nichts voneinander gehört. Das Bild hat mir damals ein Freund meines Vaters für einen Sack Mehl abgenommen und das nur aus Mitleid, denn er konnte damit ja nichts anfangen. Sie glauben nicht, wie schwer mir das gefallen ist. Ich war mir sicher, ich würde es nie wiedersehen."

Frau Bergmann hatte zur Wand hinter van de Loo gedeutet und ihn mit einem Nicken aufgefordert, zu tun, was nun nötig war. Van de Loo war aufgestanden und hatte langsam nach einer Ecke des Teppichs hinter Frau Bergmanns Bett gegriffen.

„Es ist mein Bild. Das ist es immer gewesen. Egal, was die Dokumente oder Wissenschaftler sagen. Es war für mich bestimmt, es hat nur nie jemand zur Kenntnis genommen. Ich habe über siebzig Jahre darauf verzichtet, Ansprüche zu erheben. Ich habe gedacht, wenn ich hierher zöge, in die unmittelbare Nähe, wo ich es jeden Tag sehen kann, würde mir das genügen. Aber jetzt, wo ich wahrscheinlich nicht mehr allzu lange lebe, wollte ich es bei mir haben, direkt bei mir. Können Sie das verstehen, Herr van de Loo?"

Natürlich hatte er Verständnis gehabt.

„Sehen Sie es sich an, Herr Kommissar." Frau Bergmann hatte jetzt nicht mehr geweint. Sie war völlig darüber hinweggegangen, hatte die Tränen einfach laufen lassen. Van de Loo hatte ohnehin die ganze Zeit auf nichts anderes als das Bild geschaut, das unter dem Wandteppich unsichtbar gewesen war. Er kannte es mittlerweile so gut, dass es sich anfühlte, als begleite es ihn schon länger als ein paar Wochen. Im Original tatsächlich erstaunlich klein, dafür persönlicher, weniger glatt. Einzelne Pinselstriche waren zu erkennen gewesen, die Farbe hatte Struktur, was auf den Reproduktionen, die van de Loo gesehen hatte, oft nicht zu erkennen gewesen war. In der Ecke das verschlungene C, bei dem er sich jetzt fragte, wie er es je für ein L hatte halten können. Immer noch hatte er nichts zu sagen gewusst.

„Sie sind sicher, dass Ihnen außer Herrn Zimmermann niemand geholfen hat?“ hatte van de Loo gefragt. Er war überzeugt gewesen und war es auch jetzt noch, dass in irgendeiner Weise Frau Brock und auch Branjic etwas zu verheimlichen hatten. Aber Frau Bergmann verneinte. Sie kannte Frau Brock nicht näher, und der Name Branjic sagte ihr gar nichts.

„Sie dürfen den netten Herrn Zimmermann nicht festnehmen, Herr Kommissar. Er hat es nur für mich getan. Er ist ein gutmütiger und warmherziger Mensch, das müssen Sie mir glauben. Er kann nichts dafür. Alles ist nur passiert, weil ich anfange zu plappern, sobald mir mal jemand zuhört. Es ist meine Schuld.“

Van de Loo hatte genickt und versprochen, zu tun, was in seiner Macht stand.

## 10
## Finale im fürstlichen Garten

Van de Loos Handy klingelte gegen halb elf. Er hatte nur kurz geschlafen und nicht allzu tief. Lammerding war dran. „Die Brock ist gerade mit dem Wagen weg.“ Van de Loo dankte mit einem Brummen für die Auskunft, zu mehr war er nicht in der Lage, und setzte sich auf. Er stieg in die Jeans und zog seine Schuhe an. Den fest schlafenden Strothkamp zu wecken war gar nicht so einfach. Van de Loo ging in den Flur, als er sicher war, dass der Kollege wach war. Er suchte in dem immensen Haufen von Kleidungsstücken an der Garderobe nach seiner Jacke. Durch den Türspalt konnte er sehen, wie Strothkamp sich anzog. Er hatte in einem Feinrippunterhemd und einer unglaublich großen Unterhose aus demselben Material geschlafen und stieg jetzt in seine Klamotten.

Sie verließen das Haus leise, um Strothkamps Schwester und die Kinder nicht zu wecken, und gingen zum Wagen. Die Nacht war mild und hell. Van de Loo wählte Lammerdings Nummer und erfuhr, dass Frau Brock soeben Branjic abgeholt hatte und sie nun weiterführen. Lammerding folgte Frau Brocks BMW gerade auf der Altenberger Straße, sie bog eben Richtung Baumarkt ab, jetzt rechts auf den Ring.

„Danke“, sagte van de Loo. „Wir kommen.“

Er hielt Verbindung zu Lammerding, bis klar war, wohin die Fahrt gehen würde.

Sie erreichten das Bagno.

Schon wieder Wald, dachte van de Loo. Kurz vor der Zufahrt sahen sie Lammerdings Wagen stehen. Strothkamp steuerte einen freien Parkplatz auf der großen Sandfläche an und schimpfte über die Mindestparkgebühr von einem Euro, die tagsüber verlangt wurde. Frau Brocks Fahrzeug stand ganz hinten am Rand, nahe einem weniger zugänglichen Eingang ins Gelände. Van de Loo und Strothkamp nahmen den breiten Weg. Ein Golfplatz hatte hier sein Vereinsheim, eine große Fläche mit Betonstufen rundherum bildete das Zentrum. Der See lag im Dämmerlicht. Überall Bäume, aber keine Menschenseele weit und breit. Van de Loo war sich unsicher, wo sie suchen oder wie sie vorgehen sollten. Es war Strothkamp, der nun hinter dem Kollegen hervortrat und wortlos die Führung übernahm. Sie gingen leise über die Kieswege. Alles war still, selbst die Vögel und das Getier in den Büschen machten keinerlei Laut. Sie gelangten in die Nähe des Sees, Tretboote schaukelten angekettet auf dem schwarzen Wasser. Es war so hell, dass man das gegenüberliegende Ufer und die diversen Brücken erkennen konnte. In der Mitte des Sees lag eine kleine, verwilderte Insel, darauf eine romantische Turmruine, die van de Loo befremdete. Strothkamp hatte ihm einmal erzählt, dass das Gelände früher den Grafen von Steinfurt zum Lustwandeln gedient hatte und noch wesentlich mehr solcher Gebäude hier gestanden hatten, bevor diese Art von Park aus der Mode gekommen war. Geblieben waren die Konzertgalerie und der Turm. Er folgte Strothkamp, der sicher zu spüren schien, wo es lang ging. Eine Biegung, eine kleine Senke, rechts ein Zaun und ein Netz, das die verirrten Bälle vom angrenzenden Golfplatz auffangen sollte. Links eine Hängebrücke über einem flachen Ausläufer des Sees. Brackig roch das Wasser hier, van de Loo rümpfte die Nase. Sie überquerten die Brücke, die unter Strothkamps Gewicht schaukelte. Auf der anderen Seite war der Wald dichter. Strothkamp hielt inne und hob die Hand, um van de Loo Schweigen zu bedeuten. Im Gebüsch raschelte es, Äste knackten. Bevor einer der beiden Polizisten reagieren konnte, brach etwas aus dem Unterholz und kam zu ihnen herüber.

Ein Mann stolperte auf sie zu. Van de Loo sah Strothkamp den Mund öffnen, um etwas zu rufen und nervös nach der Waffe unter dem Blouson fingern, unterbrach ihn aber rasch, indem er ihm die Hand auf die Schulter legte. Es war Lammerding, sich Laub von der Jacke klopfend und mit Spinnweben in den Haaren. Der junge Mann blieb stehen, hob grüßend die Hand und sagte leise: „Da drüben." Er wies in den Wald. „Ich bin mir nicht sicher, ob das nur ein normales Treffen ist."

Strothkamp, der sich beruhigt hatte, schritt voran, nickte van de Loo zu, und zu dritt machten sie sich auf den Weg. Es ging einige Minuten den Sandweg entlang und kurz vor einer gewölbten Brücke mit einem Geländer aus alten knorrigen Knüppeln in den Wald hinein. Vorsichtig versuchten sie, nicht allzu laut mit dem Laub zu rascheln oder auf Äste zu treten. Nicht weit vom Weg blieben sie stehen. Stimmen waren zu hören, aber unverständlich. Sie duckten sich und pirschten sich heran.

Es war eine kleine Lichtung etwas abseits. Ein fast runder Platz mit einer großen Eiche. Frau Brock stand mit dem Rücken zu ihnen und sprach zu dem verängstigt scheinenden Branjic. Van de Loo hatte den Russen nur wütend oder in sich gekehrt kennengelernt. Den Ausdruck von Furcht auf dessen Gesicht kannte er nicht.

Am Boden zwischen den beiden lag etwas, was van de Loo nicht erkannte. Ein Bündel oder ähnliches. Sie schlichen näher. Obwohl Branjic genau in ihre Richtung sehen konnte, nahm er sie nicht wahr. Seine Augen waren starr auf Frau Brock und etwas in ihren Händen gerichtet. Strothkamp hatte offenbar ausgemacht, worum es sich handelte, denn er drehte den Kopf zu den Kollegen und zog seine Waffe. Frau Brock bedrohte Branjic mit einer kleinen Pistole.

Die Polizisten sahen, wie eine knappe Geste Frau Brocks den Russen fragend auf das undefinierbare Bündel am Boden blicken ließ.

Erneut ruckte die Pistole in den Händen der Dame, und Branjic schien klarzuwerden, dass er keine Wahl hatte. Er machte zögernd einen Schritt, hob etwas auf und ging rückwärts zur Eiche. Frau Brock, immer noch den Lauf der Pistole auf Branjic gerichtet, schien ihn erneut zu etwas aufzufordern. Sie ging drohend auf den verängstigten Russen zu, der nun unwillig und langsam mit dem Knäuel in seinen Händen zu hantieren begann. Van de Loo erschrak einen Moment, als er erkannte, was es war, das Branjic in den Händen hielt. Er sah seinen Kollegen an, der ihm bedeutete, dass auch er verstanden hatte. Es war ein dickes, solides Seil. Branjic wickelte es langsam und zögerlich ab.

Die Kommissare in ihrem Versteck hatten keine Möglichkeit, sich groß zu besprechen. In van de Loos Kopf ging es hin und her. Er musste die Kollegen, besonders Strothkamp, von unüberlegtem Handeln abhalten und eine Lösung finden. Wieso wollte Frau Brock, dass Branjic sich vor ihren Augen erhängte? Sie war schließlich bewaffnet und könnte ihn einfach erschießen.

Es blieb ihnen nicht viel Zeit, denn mittlerweile hatte Branjic auf Druck Frau Brocks begonnen, das eine Ende des Seils über einen ausgreifenden Ast der Eiche zu führen, aber sie mussten einen besseren Überblick und einen anderen Zugang zur Lichtung gewinnen. Van de Loo überlegte, ob es ratsam war, Branjic auf sich aufmerksam zu machen, aber er war sich nicht sicher, wie der reagieren würde. Er bedeutete den anderen, unbedingt ruhig zu bleiben und dass er alleine versuchen würde, näher an das Geschehen heranzukommen. Strothkamp verstand, schien aber von der Idee nicht begeistert zu sein.

Vorsichtig verließ van de Loo ihr Versteck und versuchte, möglichst gut gedeckt, einen besseren Blickwinkel zu bekommen. Er durfte nicht gehört werden. Frau Brocks Plan schien perfide zu sein, dennoch, da war sich van de Loo sicher, würde sie ohne Bedenken davon abweichen, wenn sie mitbekam, dass Gefahr für sie bestand, und Branjic erschießen.

Er konnte einen der zahlreichen Stapel gefällter Bäume erreichen, hinter dem er sich duckte. Er sah Frau Brock nun im Profil, sie wirkte entschlossen, und ein hämischer Ausdruck verzerrte ihr an sich schon strenges Gesicht. Van de Loo konnte hören, wie Frau Brock unentwegt auf Branjic einsprach, der das Seil am Baum festzog und verknotete.

„Das hättest du nicht tun sollen, Wladimir“, hörte van de Loo sie sagen. „Das war keine gute Idee, denn *mich*“, sie machte eine bedeutungsvolle Pause, „erpresst man nicht!“

Branjic schluckte. Trotz seiner Beschäftigung mit dem Seil hörte er genau zu. Vielleicht wartete er darauf, dass seine Gegnerin in ihrer Rage unvorsichtig wurde, doch Frau Brock war eiskalt und konzentriert. Van de Loo hoffte, Branjic würde nicht auf eigene Faust versuchen, sein Leben zu retten. Er war zwar deutlich kräftiger als Frau Brock, aber solange diese bewaffnet war, hatte er keine Chance.

„Es war Ihre Idee, ganz alleine“, sagte Branjic plötzlich, und van de Loo staunte über sein gutes Deutsch. Und er fuhr fort: „Sie haben mich angerufen! Sie haben gesagt, hole ich Bild, kriege ich Geld! Ihre Idee! Ich bin nicht schuld, dass nicht geklappt hat!“

Frau Brock lächelte kalt und ließ ihn ausreden. Wieder ging sie einen Schritt auf ihn zu, bevor sie sagte: „Das stimmt, aber eigentlich bin ich froh, dass es nicht funktioniert hat. Wenn sie morgen hier einen russischen Kleinkriminellen baumeln sehen, werden sie alle sagen: Der hat sicher den Maybach gestohlen und wusste, dass die Polizei ihm auf den Fersen ist. Da ist er lieber in den Tod gegangen und nimmt das Versteck des Bildes mit in sein billiges Grab. In gewisser Weise war der Diebstahl im Museum ein Glücksfall für mich. Ich habe dadurch schließlich nichts Strafbares getan.“

Branjic schien wütend vor Verzweiflung. Er schrie Frau Brock jetzt beinahe an, die ihn durch einen Wink mit der Waffe antrieb, endlich die Schlinge zu machen.

„Haben Sie doch! Sie haben mich angeheuert, damit ich Bild von Familie stehle. Sie haben mich geschickt, um zu gucken, wie es am besten geht! Sie haben Geld gegeben!“

„Und wer weiß das?“ fragte Frau Brock kühl. „Nur du, Wladimir! Betrachte den Vorschuss als Geschenk. Ich müsste ihn eigentlich zurückverlangen, weil du so dumm warst und den Polizisten schnurstracks in die Arme gerannt bist. Aber letztendlich hast du mir damit einen Gefallen getan, denn du bist ab morgen zwar tot, aber der Hauptverdächtige im Maybach-Raub. Alles Weitere interessiert niemanden. Jetzt mach schon!“

Van de Loo konnte sehen, dass Branjic zitterte. Mit fahrigen Handgriffen begann er, eine Schlinge in das lose Ende des Seils zu knüpfen, was ihm beim ersten Versuch misslang. Frau Brock lachte kurz und spitz.

„Noch mal“, forderte sie ihn barsch auf.

Es musste bald etwas passieren. Van de Loo ging die Möglichkeiten durch. Von seiner Position aus wäre er durchaus in der Lage, einen gezielten Schuss abzugeben, doch er hätte nur einen Versuch. Er wollte Frau Brock nicht töten, nur außer Gefecht setzen, musste aber sichergehen, dass sie nicht mehr in der Lage sein würde, ihrerseits auf Branjic oder ihn zu zielen. Auch Branjic musste an der Flucht gehindert werden, denn sie würden ihn als Zeugen brauchen. Er spähte in die Richtung, in der seine Kollegen versteckt saßen, konnte sie aber nicht ausmachen. Noch während er sich bemühte, Strothkamps Kappe zwischen den Zweigen zu orten oder Lammerdings Umrisse irgendwo zu entdecken, hörte er ein Knacken im Geäst. Auch Frau Brock und Branjic hatten es bemerkt und wendeten ihre Köpfe in die Richtung, aus der es gekommen war. Van de Loo folgte ihren Blicken ins Dickicht: Nichts, aber einige Meter weiter glaubte er Strothkamps beigen Blouson aufblitzen zu sehen. Er hoffte inständig, dass Frau Brock es nicht gesehen hatte. Offenbar nicht, aber sie war unruhig geworden, und das war sicherlich nicht gerade förderlich. Sie hatte einige Schritte zu den Bäumen hin gemacht, gelauscht und sich umgeschaut, dabei bemüht, Branjic nicht aus den Augen zu lassen. Sie ging zurück zum Russen, nun deutlich ungeduldiger.

„Los jetzt!" befahl sie und hob erneut den Revolver auf Branjic' Herzhöhe.

Van de Loo verfluchte Strothkamp zum hunderttausendsten Mal. Wenn er wirklich auf eigene Faust sein Versteck verlassen hatte, konnte hier alles aus dem Ruder laufen. Er fragte sich, ob es ein Fehler gewesen war, die Kollegen dort zurückzulassen. Gerade als er wieder Branjic betrachtete, wie er mit Tränen der Wut in den Augen erneut die Schlinge band, hörte er etwas. Ein Vogel, wohl eine Taube, stieß ihren Laut aus, noch mal und noch mal. Auch Frau Brock hatte kurz aufgehorcht, ließ sich aber nicht davon irritieren und fuhr nun, da Branjic endlich fertig war, fort, ihm Kommandos zu erteilen. Van de Loo, der die Waffe schon die ganze Zeit in der Hand gehalten hatte, entschloss sich, einzugreifen, auch wenn irgendwo auf der anderen Seite seine Kollegen möglicherweise in der Schussbahn herumkrochen. Er hob den Revolver und legte an. Kein Überraschungsmoment würde auf seiner Seite sein, er musste Frau Brock mitten in der Aktion treffen. Dummerweise stand sie fast nie still, sondern bewegte sich unablässig minimal vorwärts und zurück. Jetzt war sie zu Branjic hinübergegangen und hatte ihm aus sicherem Abstand etwas in die Hosentasche gesteckt.

„Damit auch wirklich allen klar wird, warum du dich für diesen Schritt entschieden hast", sagte sie. „Ein paar Zeilen, die selbst dem dämlichen Kommissar Strothkamp erklären werden, was du getan hast, Wladimir. Und jetzt rauf da!"

Sie wies mit dem Lauf des Revolvers zum Baum. Branjic hatte mittlerweile wohl die Hoffnung verloren. Er folgte ohne zu murren den Anweisungen und begann, langsam die Eiche zu besteigen. Wieder rief die Taube. Branjic hatte den dicken, tiefen Ast erreicht und setzte sich darauf. Von Frau Brock angetrieben, rutschte er Stück für Stück vom Stamm weg und auf die Stelle zu, über die er selbst das Seil gezogen hatte. Als er es erreicht hatte, zog er die Schlinge zögernd zu sich herauf. Noch einmal versuchte er, sein Schicksal abzuwenden und sagte bittend: „Frau Brock, ich verspreche, sage ich nichts zur Polizei! Gehe ich zurück nach Minsk, und Sie hören nie mehr wieder was von mir!"

Frau Brock lachte hämisch auf. „Damit du dich irgendwann wieder daran erinnerst, wie leicht du Geld damit verdienen könntest! Nein, das ist mir zu unsicher. Los jetzt!"

Sie deutete auf das Ende des Seils. Der Russe blickte kurz zum dunklen Himmel, nahm die Schlinge und legte sie sich wie in Zeitlupe um den Hals. Frau Brock stand nun einigermaßen still, und van de Loo zielte auf ihre linke Schulter, bereit, abzudrücken. Es blieb keine Zeit mehr. Jeden Moment würde Frau Brock Branjic zwingen zu springen.

Die Taube schien einen außerordentlich großen Kommunikationsbedarf zu haben und gurrte ein drittes Mal, was van de Loo kurz irritierte. Er konzentrierte sich neu.

„Jetzt, los!“ kreischte Frau Brock und riss die Waffe noch ein Stück höher. „Spring!“

Dann geschah alles gleichzeitig. Ein Schuss fiel und schreckte eine immense Zahl schlafender Vögel auf, die sich unter Getöse aus dem Geäst lösten und gen Himmel aufmachten. Es krachte in der Höhe, und ein mittelgroßer Ast rauschte aus der Krone des Baumes an dem erstaunten Branjic vorbei nach unten und landete federnd zwischen ihm und Frau Brock, die vor Schreck erstarrte und reflexartig die Arme vor ihr Gesicht riss. Aus dem Gebüsch gegenüber stürzte Lammerding und warf sich auf sie. Van de Loo erhob sich und eilte zu dem völlig perplexen Branjic, der nicht eine Sekunde an eine Flucht zu denken schien. Er saß auf dem Ast, immer noch mit der Schlinge um den Hals, und blickte van de Loo mit leeren Augen an.

„Kommen Sie“, sagte van de Loo. „Ich helfe Ihnen runter!“

## 11
## Die Hand zum Freundschaftsbunde

Der Sommer ging unwiderruflich seiner Schlussphase entgegen. Dennoch bescherte er den Münsteranern noch einen schönen, warmen Tag. Van de Loo hatte freigenommen, die letzten Wochen waren alles andere als einfach gewesen. Er hatte endlich sein Fahrrad in Schuss gebracht und radelte ziellos durch die Stadt. Als ungeübter Radfahrer, der er war, wurde er im Innenstadtbereich von den Studenten mit lautem Klingeln und gelegentlichem Rufen aus dem Weg gescheucht. Er freute sich diebisch, als einige davon von einem Kollegen der Fahrradstreife an der nächsten Ecke angehalten wurden, der die fehlende Verkehrssicherheit des einen oder anderen Gefährtes bemängelte und mit Bußgeldern belegte. Freundlich winkend fuhr er vorbei.

Er kam zum Hindenburgplatz und entschied, eine Pause einzulegen. Der Parkplatz war voll mit Reisebussen, Jogger hasteten die Wege entlang, manche allein, andere mit dafür tauglichen Kinderwagen. Van de Loo stieg vom Rad und schob es zu einer der Bänke mit Blick auf das Schloss. Teile davon waren mal wieder eingerüstet. Er lehnte das Rad an einen kleinen Baum, setzte sich und beschloss, die Sonne zu genießen. Der Fall war praktisch zu den Akten gelegt. Das Bild war wieder da. Frau Brock war wegen ihres Übergriffes auf Branjic und der Planung einer Straftat in Untersuchungshaft, und Zimmermann würde mit ein wenig Glück mit einer Verwarnung davonkommen. Um Frau Bergmann machte er sich etwas Sorgen. Er hatte mit dem Chef über alles gesprochen, aber letztendlich musste es ein Verfahren geben, wenn auch die Wahrscheinlichkeit, dass irgendein Richter eine Rentnerin von über neunzig Jahren ins Gefängnis schickte, gering war.

Wie auch immer, heute würde van de Loo da nichts bewegen können, er hatte frei.

Dr. Waldbröker hatte beiden Kommissaren gerne einen Urlaubstag gegönnt, mit Rufbereitschaft, versteht sich, für Notfälle. Van de Loo saß einige Zeit auf der Bank und dachte nach. Er hatte einen freien Tag, er konnte alles tun, was er wollte. Selten genug kam das vor. Er könnte raus ins Grüne fahren, aber mit dem Rad traute er sich das doch noch nicht zu. Er könnte auch Marita anrufen und sie fragen, ob sie mit ihm essen ginge, aber dann erinnerte er sich, dass Marita verreist war, und plötzlich bedauerte er es. Er wusste, wenn er eines *nicht* tun würde, dann ins Museum zu gehen. Es war gar nicht einfach, so unerwartet freie Zeit irgendwie sinnbringend zu gestalten. Er war es auch nicht wirklich gewohnt. Fürs Erste, dachte van de Loo, würde ein Kaffee im Lokal am Botanischen Garten schon ein Anfang sein. Ein Kaffee, der nicht lauwarm zwischen zwei Einsätzen gekippt, sondern in Ruhe und mit aller Zeit der Welt genossen würde. Bei näherem Betrachten kam ihm das keineswegs leicht vor, aber er würde sich der Herausforderung stellen.

Als er sich erhob, um sein Rad aufzuschließen und die kurze Strecke zum Lokal zu schieben, sah er, wie ein ganzer Zug von Menschen durch das Tor zum Garten hinter dem Schloss kam. Einige Männer im Anzug und Frauen in Kostümchen, die offenbar eine Pause von irgendeiner Tagung nutzten, um frische Luft zu schnappen, und eine Familie mit Opa, Oma, Tochter und Schwiegersohn, der einen Kinderwagen schob.

Van de Loo konnte es so genau sagen, da sein geschultes Auge sofort die familiäre Ähnlichkeit zwischen Vater und Tochter erkannte und einzig der junge Mann so gar nicht zu den anderen passen wollte.

Anni Strothkamp sah tatsächlich aus wie eine junge weibliche Ausgabe ihres Vaters, der an der Seite seiner Ehefrau Waltraud aus dem Park kam.

Van de Loo hörte über das Schnattern der anderen Leute und wegen des Verkehrs nicht, was Strothkamp von sich gab, aber er sah ihn in seine Richtung deuten und etwas zu seiner Frau sagen, die misstrauisch zu ihm hinüber sah. Strothkamp schien das erste Mal, seit er ihn kannte, erfreut, ihn zu sehen.

Der Kollege bugsierte seine Leute zu van de Loo hinüber, und dieser musste allen die Hände schütteln. Frau Strothkamp sah gut aus, sehr elegant, so hatte er sich die Ehefrau des maulfaulen Polizisten gar nicht vorgestellt. Anni schien sympathisch, auch der neue Schwiegersohn, Sören, machte einen guten, wenn auch etwas schüchternen Eindruck. Strothkamp strahlte vor Stolz und zeigte van de Loo sein Enkelkind, einen kleinen Jungen, der ebenfalls viel vom Großvater hatte.

„Kam ja ein bisschen früh“, meinte er mit Blick auf seine Tochter, die die Augen verdrehte. „Aber wir sind gern Oma und Opa, nich Mutti?“

Waltraud Strothkamp hob genervt eine Augenbraue, nickte aber und rang sich ein knappes Lächeln ab.

„Was machst du denn hier?“ fragte Strothkamp.

„Ach, ich vertreib mir ein bisschen die Zeit“, meinte van de Loo und wies auf sein Fahrrad. „Ich wollte gerade einen Kaffee trinken gehen, vielleicht wollen Sie alle mitkommen?“

Strothkamp schien nicht abgeneigt, aber ein Blick auf die Gesichter seiner Lieben erinnerte ihn offenbar daran, dass es andere Pläne gab.

„Van de Loo, wir wollten gerade in die Stadt. Die Damen haben da noch was zu erledigen."

Frau Strothkamp benickte die Worte ihres Gatten, erfreut, dass er sich an die Absprache erinnerte.

Aber nun schaltete sich Anni ein. „Mutti, ich glaube, der Papa wäre uns nicht besonders hilfreich beim Shoppen. Du weißt doch, der macht das nicht so gerne. Lass ihn doch was trinken gehen. Er kann ja nachkommen."

Van de Loo sah den dankbaren Blick seines Kollegen, und allesamt schauten nun auf Frau Strothkamp.

„Na gut", sagte sie, offenbar sah sie keine andere Möglichkeit. „Franz, wir sehen uns spätestens in einer Stunde im alten Gasthaus. Bitte denk daran, wir haben einen Tisch reserviert."

Strothkamp nickte und verabschiedete Anni und den Enkel mit Küsschen, Sören mit einem markigen Händedruck und seine Ehefrau mit einem überraschend zärtlichen Griff an den Hinterkopf, was diese sogar ein wenig erröten ließ.

„Na dann", sagte van de Loo. „Gehen wir?"

Strothkamp nickte, und sie gingen ins Lokal.

Sie fanden einen freien Tisch auf der Terrasse. Wegen des guten Wetters war ungewöhnlich viel los, und das Geschirr ihrer Vorgänger war noch nicht abgeräumt. Van de Loo warf einen Blick darauf und konnte sofort sagen: drei Personen, zweimal Kaffee, einmal Apfelschorle, drei Stück Kuchen, einmal Streusel, zweimal Torte. Strothkamp ließ sich schwer in den Stuhl sinken und schob die Teller und Tassen beiseite, wobei der Ärmel seiner Jacke durch eine kleine Pfütze Schorle wischte. Er gab nichts darum.

„Und?“

Van de Loo musste schmunzeln. Dieses UND war in Strothkamps Augen schon immer ein vollständiger Fragesatz gewesen. Er spielte ab und zu gerne mit ihm das Spiel: Und WAS? und nötigte den Kollegen damit zu ausführlicheren Erklärungen seines Anliegens. Heute ließ er es sein.

„Ist doch alles gut gelaufen“, meinte er und wusste, er würde mit dieser Bemerkung nicht drum herum kommen, die ganzen Geschehnisse noch einmal zu rekapitulieren.

„Ja“, gab Strothkamp erst genauso wortkarg zurück, aber van de Loo war klar, die Fragen würden noch kommen.

Der Kellner kam, entschuldigte sich für das vergessene Geschirr und fragte beim Abräumen nach ihren Wünschen. Strothkamp bestellte Kaffee. „Ganz normal Kaffee!“ und van de Loo einen Cappuccino. „Mit Milch, bitte“, setzte er hinzu.

„Gerne“, sagte der Kellner und verschwand.

Eine Weile wechselten die Kollegen spärliche Worte über das Wetter, und Strothkamp erzählte ein wenig von Anni, die so selten nach Münster komme.

Als der Kaffee kam, konnte Strothkamp nicht länger an sich halten und meinte scheinbar lapidar: „Na, dass die Brock ..., also das hab ich ja gleich gesagt.“

Van de Loo schmunzelte. Jetzt war es also so weit. Er beschloss, den Kollegen nicht länger zappeln zu lassen. Er sagte: „Ich hatte gleich den Zimmermann im Verdacht!“

Strothkamp, wohl froh, dass das Thema endlich auf dem Tapet war, sprang sofort darauf an. „Na, aber ...!“

„Ja, ja, er hat es nicht für sich getan“, gab van de Loo zu. „Wer hätte auch so eine Geschichte erwartet.“

Bisher war keine Zeit gewesen, all die verschiedenen Geschehnisse eingehender miteinander zu erörtern. Van de Loo hatte es versucht, aber immer war etwas dazwischengekommen.

Nachdem er mit Frau Bergmann gesprochen hatte, war er zurück zum Museum gegangen und hatte Jakob Zimmermann aufgesucht, der gerade beim Aufräumen und Saubermachen war. Er hatte den Hausmeister überzeugen können, dass eine freiwillige Aussage ihm zugutekäme, und der hatte eingewilligt, direkt am nächsten Morgen nach Münster zu fahren und sich bei Dr. Waldbröker zu melden. Van de Loo hatte den Chef über seine Pläne in Kenntnis gesetzt und ihm das Versprechen abgerungen, Zimmermann so lange wie nötig auf freiem Fuß zu lassen. Dann hatte er erneut mit Jeroen van Boersma telefoniert. Van de Loo erzählte es genau so seinem aufmerksam lauschenden Kollegen.

„Dann hast du nie daran geglaubt, dass der Holländer da mit drin hängt?“

„Nee, der war sauber. Jedenfalls so sauber, wie man als erfolgreicher Geschäftsmann sein kann.“

„Und was hatte seine Karte dann im Museum zu suchen?“ fragte Strothkamp.

„Die hatte Frau Brock ganz geschickt platziert. Einer der Gäste am Vorabend des Raubs hatte sie ihr gegeben, aber sie wusste um den schlechten Ruf dieses Mannes und hat die Karte ganz dezent in der Küche liegenlassen, damit wir sie finden.“

„Und van Boersma hat mitgespielt!“

„Ja, der hatte einen Heidenspaß daran, alle an der Nase herumzuführen. Unter dem Siegel der Verschwiegenheit natürlich. Deshalb hat auch niemand von der Presse über seine vermeintliche Festnahme berichtet. Der ist direkt am Abend nach unserer Vorstellung nach Hause gefahren und hat sich noch persönlich bei mir für den Spaß bedankt."

Beide Kommissare waren zugegen gewesen, als Frau Brock die ganze Geschichte zugegeben hatte. Branjic, der immer noch ganz kleinlaut vor Angst gewesen war, hatte sie schwer belastet, als er erläuterte, er habe in ihrem Auftrag das Porträt ihres ältesten Vorfahren aus dem Museum stehlen sollen. Das sei der Grund gewesen, warum er so oft im Raum der alten Stiftsbibliothek gewesen war. Sie habe ihn über einen Kontaktmann angeheuert und ihm ein große Summe versprochen, wenn er ihr das Gemälde besorgen würde.

Der Raub des Maybach war ihnen in die Quere gekommen. In den nächsten Tagen habe Branjic einsteigen und das Gemälde von Frau Brocks Ahnen entwenden sollen.

„Und woher wusstest du, was die Brock vorgehabt hat?" wollte Strothkamp nun wissen.

„Das wusste ich gar nicht", gab van de Loo zu und erklärte: „Ich hatte einfach ein komisches Gefühl bei ihr. Und ihr Hass auf den Branjic war auch von Anfang an etwas übertrieben. Ich glaube, sie hat darauf gebaut, dass wir ihn nicht festnageln können und er wieder nach Russland verschwindet, aber das hat ja nicht geklappt."

„Das hat mich auch gewundert“, sagte Strothkamp. „Dass der einfach geblieben und nicht heimlich verduftet ist.“

„Der hat halt gemerkt, dass aus der Sache noch Geld zu schlagen ist und hat angefangen, Frau Brock zu erpressen.“

„Und als sie dann dachte, wir hätten mit van Boersma unseren Täter ...?“

„Da wird sie überrascht gewesen sein, denn sie wusste ja nicht, wer in Wirklichkeit den Maybach gestohlen hatte. Wahrscheinlich wollte sie die Gelegenheit nutzen, den einzigen Mitwisser ihres kleinen Plans zu beseitigen, der sie hätte belasten können.“

„Wegen eines geplanten Raubs hätten wir sie doch gar nicht drankriegen können, oder?“

„Das nicht, aber ich glaube, darum ging es ihr gar nicht. Sie hat es auch nicht wirklich als Verbrechen angesehen, ein Bild aus dem Museum zu entwenden, das dem Gefühl nach sowieso ihr gehört, da hat sie übrigens viel mit Frau Bergmann gemeinsam. Aber wenn Branjic ausgepackt hätte, wäre ihr Ruf zerstört gewesen. Das konnte sie nicht riskieren.“

„Und jetzt können wir sie wegen des Übergriffs auf Branjic kriegen“, sagte Strothkamp, dessen Bild sich nun endlich zu vervollständigen schien.

Van de Loo hatte inzwischen den Schaum von seinem Cappuccino gelöffelt und knabberte am Keks, der neben der Tasse gelegen hatte.

„Nachdem wir zu deiner Schwester aufgebrochen waren, ist der Chef dann von Professor Karmann telefonisch über das plötzliche Auffinden des Gemäldes Max Maybachs unter einer Bank im Garten des Museums informiert worden, ganz wie ich es mit Frau Bergmann abgesprochen hatte."

„Und was passiert jetzt mit Frau Bergmann?"

„Offiziell haben wir noch nicht bekannt gegeben, wo das Gemälde die ganze Zeit war. Das Museum wird meiner Meinung nach keine Anklage erheben wollen. Die sind zu froh, dass das Bild unbeschädigt zurück ist. Wegen Frau Bergmanns Alter und ihrem Gesundheitszustand wird sie wahrscheinlich unbehelligt bleiben. Im Notfall müsste man auf verminderte Schuld plädieren und eine leichte Verwirrung vortäuschen. Aber Zimmermann wird sich verantworten müssen."

Strothkamp hatte seinen Kaffee kalt werden lassen und stürzte ihn jetzt in einem Zug hinunter.

„Wie hat er das eigentlich gemacht?"

„Ganz einfach. Er hatte es Frau Bergmann versprochen und ganz ehrlich gut gemeint. Wahrscheinlich hat sie ihm die ganze Geschichte erzählt, schließlich kam sie fast jeden Tag am Museum vorbei. Da Zimmermann auch ständig da ist, werden sie sich getroffen haben und irgendwie ins Gespräch gekommen sein. Ich denke, dass die Idee letztendlich von ihm kam, wenn Frau Bergmann auch darauf beharrt, dass ihn keine Schuld trifft. Er hat das Bild dann schon am Freitagabend abgehängt und hat es Frau Bergmann gebracht, aber der Plan war ja eigentlich ein ganz anderer."

Strothkamp stutzte und machte sein sprechendes Gesicht, das in der Regel „Hä?" meinte.

„Vorgesehen war, dass Frau Bergmann das Bild über das Wochenende behält und es am Sonntagabend zurückbringt."

„Deshalb hat er die Hintertür unverschlossen gelassen."

„Genau. Aber gerade an diesem Abend hatte Frau Bergmann einen heftigen Rheuma-Anfall und konnte zu ihrem eigenen Leidwesen keinen Abendspaziergang vortäuschen, wie sie es geplant hatten."

„Und am Montagmorgen?"

„Zimmermann war früh genug da, dass er das Bild wieder an seinen Platz hätte hängen können, aber das war ja noch immer in Frau Bergmanns Zimmer. Und dann war keine Zeit mehr, denn Frau Brock war ebenfalls früh im Haus, und danach waren wir da. Dass ausgerechnet er sie unwissentlich verrät, indem er mir die Brieftasche gibt, ist natürlich ein tragischer Zufall."

Strothkamp nickte. „Ist ja alles gut gelaufen."

„Übrigens", sagte van de Loo und beugte sich, die Unterarme auf die Tischplatte stützend, zu seinem Kollegen hinüber: „Danke für deine Hilfe, Franz. Ich hab zu lange gefackelt, im Wald."

Strothkamp schien der Dank des Kollegen fast peinlich zu sein, er winkte ab und meinte: „Ach, Gisbert, da nich für! War halt so ne Idee von Lammerding."

Aber van de Loo wusste, dass es nicht so war. Er kannte Strothkamps Neigung zu unorthodoxen Aktionen und hatte sie oft genug verflucht, aber dieses Mal war sie entscheidend gewesen.

„Guter Schuss", sagte er noch anerkennend.

Strothkamp schmunzelte, nun doch geschmeichelt. „Oder?" sagte er stolz. „Ich hab auf einmal diesen morschen Ast gesehen und mit Lammerding verabredet, dass ich ein Stück näher rangehe. Als Zeichen, dass es brenzlig wird, haben wir diesen Taubenruf abgesprochen, genial oder?"

Van de Loo musste zugeben, so sehr es nach Cowboy und Indianer klang, es hatte gut funktioniert.

Strothkamp griff noch einmal nach seiner längst geleerten Tasse, setzte sie an und versuchte, den letzten Tropfen am Boden herauszuschlürfen, dann erhob er sich.

„Ich muss dann auch mal wieder", sagte er. „Sonst sind meine Frauen sauer. Und, was machste heute noch so?"

„Ich bleib noch ein bisschen sitzen", meinte van de Loo.

„Willste was zum Lesen?" Strothkamp zog eine zerknautschte Zeitung aus der Innentasche seines Blousons und reichte sie mit großzügiger Geste dem Kollegen. Der nahm sie und legte sie auf den Tisch neben seine Tasse.

Strothkamp drehte sich nach einigen Metern noch einmal um und rief: „Bis morgen, Gisbert!"

„Bis morgen", gab van de Loo zurück und hob die Hand zum Gruß.

Eine Weile lang vertrieb er sich die Zeit mit dem Beobachten der anderen Gäste, doch dann wurde ihm langweilig. Er griff zu Strothkamps Zeitung und glättete sie. Die WESTFÄLISCHEN NACHRICHTEN, natürlich! Van de Loo schlug den Lokalteil auf und blätterte darin herum. Er überflog die diversen Meldungen. Am nächsten Sonntag war verkaufsoffen. Die Bahnhofssanierung ging gut voran. Richtig konzentrieren konnte er sich jedoch nicht. Verschiedenes ging ihm immer wieder im Kopf herum.

Frau Bergmann, Frau Brock und Strothkamps in den letzten Minuten ungewohntes Verhalten ihm gegenüber. Er war zwar Düsseldorfer gewesen, aber Heinrich Heines Bemerkung über die Westfalen, die er, der ehemalige Kölner, irgendwann einmal aufgeschnappt hatte, schien ihm doch treffend.

Sentimentale Eichen, dachte er, Westfalen sind sentimentale Eichen.